꾸뻬 씨의 행복 여행

꾸뻬 씨의 행복 여행

프랑수아 를로르 | 오유란 옮김

오래된미래

LE VOYAGE D'HECTOR OU LA RECHERCHE DU BONHEUR

by François Lelord
ⓒ Odile Jacob, 2002
Korean Translation Copyright ⓒ The Ancient Future Publications

Korean edition is published by arrangement with
Les Editions Odile Jacob through GUY HONG AGENCY.
All rights reserved.

차 례

스스로에게 만족하지 못하는 정신과 의사

자기 스스로에 대해 만족하지 못하는 꾸뻬라는 이름의 정신과 의사가 있었다. 자신에 대해 만족하지 못했지만, 그의 용모는 영락없는 정신과 의사의 모습을 하고 있었다. 그가 쓰고 다니는 원형의 작은 안경은 그를 매우 지적인 사람으로 보이게 하는 데 한몫을 했다. 그는 마치 깊은 생각에 잠긴 듯 "음—"하는 소리를 내며 다른 사람들의 이야기에 귀를 기울이는 법을 잘 알고 있었다. 또한 무엇인가에 대해 심사숙고할 때면 습관처럼 만지작거리곤 하는 짧은 콧수염을 기르고 있었다.

그의 진료실 역시 이 진짜 정신과 의사를 꼭 빼닮아 있었다. 진료실 안에는 그의 어머니가 병원 개업 때 선물한 골동품처럼 생긴 긴 의자며 이집트와 인도풍의 모조 조각상들, 그리고 읽기에는 너무 어려운, 어떤 것은 너무 어려워 아예 읽어 보지도 않은 책들로 가득 찬 커다란 책장이 있었다.

많은 사람들이 꾸뻬에게 진료를 받고 싶어했다. 그것은 그가 정신과 의사다운 그럴듯한 모습을 하고 있기 때문이기도 했지만, 그것말고도 실력 있는 의사들만이 알고 있는, 학교에서는 배우지 않는 비법을 알고 있었기 때문이다. 그 비법이란 다름 아니라 사람에 대한 그의 진심어린 관심이었다.

처음으로 정신과 의사를 만날 때면 사람들은 다들 조금씩은 주저하기 마련이다. 자신이 정신 질환을 앓고 있다는 사실을 알고는 있지만 그것을 확인하게 되는 것이 두렵기 때문이다. 또 한편으론 의사가 자신의 병을 대수롭지 않게 여기고 다른 데 가서 치료를 받아 보라고 할까 봐 걱정이 되기 때문이다. 하지만 일단 약속을 잡아 병원에 오면 사람들은 이상하고 사소하기까지 한 자신의 편집증적인 생각들과, 전에는 아무에게도 말하지 않았던, 자신의 머리를 스쳐 지나가는 우스운 상상들(때로 이것들은 그들을 진짜로 아프게 한다), 그리고 삶을 방해하는 커다란 슬픔이나 지독한 두려움 등을 모두 이야기하기 시작한다.

그러나 한편으론 자신의 문제를 제대로 전달하지 못할까 봐, 또 자신의 이야기가 의사에게 지루하게 들릴까 봐 염려하기도 한다. 그래서 환자들은 의사가 지루해 하거나 피곤해 하지 않도록 말을 할 때 주의를 기울인다. 의사를 자주 만난 적이 없는 사람은 의사가 자신의 이야기에 진심으로 귀를 기울이고 있는지 아닌지 의심하기도 한다.

그렇지만 꾸뻬와 함께 하는 진료는 거의, 아니 전혀 그럴 필요가 없었다. 꾸뻬는 사람들이 자신들의 이야기를 하는 것을 지켜

보면서 고개를 끄덕여 그들을 격려하고, 짧은 콧수염을 어루만지면서 "음, 음—" 하는 소리를 내었다. 그리고 가끔씩 사람들에게 "잠깐만요, 다시 한 번 설명해 주세요. 이해가 잘 가지 않거든요." 하고 말하곤 했다. 그가 정말로 피곤한 날을 제외하고는 환자들은 꾸뻬가 자신들의 이야기를 진심으로 들어주고 이야기에 흥미 있어 한다는 것을 느낄 수 있었다.

그래서 사람들은 꾸뻬를 다시 만나기 위해 상담 날짜를 잡고, 꾸뻬의 이름을 친구들에게 알려 주어 다른 환자들도 그를 찾게 했다. 그 결과 꾸뻬는 거의 하루의 절반을 환자들의 이야기를 듣는 데 할애하게 되었고, 상담료를 비싸게 부르지 않았음에도 불구하고 점점 더 많은 세금을 납부하기에 이르렀다. 꾸뻬의 어머니는 늘 더 많은 세금을 내는 게 뭐가 문제냐고 말하곤 했다. 그것은 더 많은 돈을 버는 것을 의미했기 때문이다.

하지만 꾸뻬는 지금만으로도 충분히 힘들었다. 그는 언제나 비싸지 않은 상담료를 청구했다. 한때 유명한 점술가였던 이리나 부인의 경우가 그 좋은 예였다. 한번은 그녀가 그에게 이렇게 말하기도 했다.

"의사 선생님, 상담료를 올려야만 해요."

"가격에 대해선 우리가 이미 얘기했던 걸로 아는데요."

그러자 이리나 부인이 말했다.

"난 엄마 같은 심정으로 말하는 거예요. 내 눈엔 상담료를 올리는 것이 당신에게 더 도움이 되리라는 게 내다보이는데요."

"그런가요? 그런데 그걸 어떻게 내다봤죠?"

점술가인 이리나 부인이 꾸뻬를 찾게 된 이유는 이렇다. 어느 날부턴가 그녀는 더 이상 미래를 내다볼 수가 없게 되었다. 그녀는 몹시 큰 슬픔을 경험했는데, 그것은 그녀를 떠나 버린 한 남자 때문이었다. 그 뒤로 그녀는 더 이상 미래를 예언할 수 없게 된 것이다. 이따금씩 손님에게 흥미 있는 이야기를 던질 순 있었지만, 그것은 약삭빠른 눈치로 넘겨짚는 것에 불과했다. 양심이 남아 있는 그녀로서는 더 이상 예전처럼 미래를 내다보지 못한다는 것이 무척 슬픈 일이었다. 그래서 꾸뻬는 슬픔에 찬 사람들에게 필요한 알약을 처방했고, 그 약을 먹은 이리나 부인은 조금이나마 미래를 다시 볼 수 있게 되었다.

꾸뻬가 성공한 이유가 단지 사람들의 이야기를 잘 들어주기 때문만은 아니었다. 그는 정신과 의사로서 성공할 수 있는 비결이 무엇인지를 잘 알고 있었으며, 무엇보다 상대방의 질문에 대해 다시 질문을 던지는 식으로 대답하는 법을 알고 있었다. 예를 들어 어떤 사람이 "당신은 내가 나 자신으로부터 벗어날 수 있다고 생각하세요?" 하고 물으면, 꾸뻬는 이렇게 되묻곤 했다.

"자신으로부터 벗어난다는 것은 어떤 의미죠?"

이런 뜻밖의 질문은 사람들이 자신의 문제에 대해 다시금 깊이 생각하게 만들었고, 그럼으로써 그는 사람들이 '그 문제로부터 벗어날 수 있는 방법'을 찾는 데 도움을 줄 수가 있었다.

나아가 꾸뻬는 약에 대해서도 충분한 지식을 갖고 있었다. 정신과 의사에게 그것은 그다지 어려운 일이 아니었다. 정신 질환에 관한 처방전은 크게 네 가지 종류밖에 없기 때문이었다. 너무

슬플 때 먹는 우울증 치료제, 두려움에 시달릴 때 먹는 불안 억제제, 지나치게 이상한 상상들을 하게 되거나 환청을 들을 때 먹는 신경 안정제, 그리고 마음이 너무 심하게 들뜨거나 가라앉을 때 먹는 신경 조절제 등이 그것이었다. 그러나 실제로는 그것보다 약간 더 복잡할 수도 있었다. 왜냐하면 약마다 각각 열 개 정도의 우스운 이름이 붙은 상표가 있고, 정신과 의사들은 경우에 맞게 그중에서 가장 적합한 약을 처방해야만 하기 때문이었다. 약은 디저트와 약간 닮은 데가 있어서, 모든 사람이 한 가지 디저트만을 선호하지는 않았다.

약 처방이 더 이상 효과를 나타내지 않을 때, 또는 증상이 간단해서 약 복용이 필요하지 않은 사람들인 경우, 꾸뻬는 그들을 도울 수 있는 또 다른 방법을 갖고 있었다. 그것은 바로 심리요법이었다. 이름은 거창하게 들리지만, 심리요법이란 간단히 말해 환자들의 이야기를 듣고 그것에 대해 대화를 나누면서 환자들을 돕는 방법이었다. 여기서 주의해야 할 점이 있다면 평소에 대화하는 것과 심리요법은 같지 않다는 것, 다시 말해 특별한 방법으로 대화를 해야 한다는 것이었다.

약의 종류가 다양한 것처럼 심리요법에도 여러 종류가 있었다. 그중 어떤 것은 이미 오래전에 세상을 떠난 사람들이 발명해 낸 것들이었다. 꾸뻬는 아직 살아 있는 사람들이 발명한 심리요법을 주로 배웠는데, 그래도 그들은 꾸뻬에 비하면 꽤 나이를 먹은 사람들이었다. 이것은 정신과 의사가 환자와 토론을 하는 독특한 방법이었다. 사람들은 이 방법을 좋아했다. 그 이유는, 세

상에는 환자에게 거의 이야기를 하지 않는 의사들이 너무도 많고, 환자들은 그것이 별로 마음에 들지 않기 때문이다.

꾸뻬는 이리나 부인의 상담 시간에는 가능하면 심리요법을 많이 사용하지 않았다. 그녀에게 질문을 던지려고 하는 찰나에 그녀가 앞질러 이렇게 말하곤 했기 때문이다.

"의사 선생님, 난 당신이 내게 무슨 질문을 할지 이미 다 알고 있어요."

더욱 당황스런 것은 그녀가 예상한 질문이 늘 그런 건 아니지만 꽤 자주 들어 맞는다는 것이었다.

직업적인 기술과 약, 심리요법, 사람들을 향한 진정한 관심이라는 그만의 비결은 꾸뻬를 능력 있는 정신과 의사로 만들기에 충분했다. 그리하여 능력 있는 정신과 의사나 얻을 수 있는 성공적인 결과들이 그에게 매번 돌아왔다. 완전히 치료된 환자들이 있는가 하면, 어떤 환자들은 매일 약을 복용하는 것만으로도 좋은 건강 상태를 유지하면서 그와 이야기를 나누기 위해 종종 병원을 찾아왔다. 더 심한 환자들의 경우, 꾸뻬는 그들이 자신의 병을 견뎌 내고 병이 더 악화되지 않도록 도와줄 수 있었다.

그럼에도 불구하고 꾸뻬는 자신에 대해 만족을 느끼지 못했다. 무엇보다 그는 행복하지가 않았는데, 그 이유는 자신이 사람들을 진정한 행복에 이르게 할 수는 없다는 것을 깨닫고 있었기 때문이다.

불행하지도 않으면서 불행한 사람들

꾸뻬의 진료실은 아름다운 현대식 건물들로 넘쳐나는 대도시 중심가에 위치해 있었다. 그 도시는 세상의 다른 많은 도시들과는 달랐다. 그곳에 살고 있는 사람들은 배고플 때 음식을 먹었고, 병에 걸려 몸이 아프게 되면 큰 돈을 들이지 않고도 치료를 받을 수 있었다. 아이들은 학교에 다녔으며, 거의 모든 사람이 일자리를 갖고 있었다. 또한 그리 비싼 돈을 들이지 않고도 여러 영화관에서 상영하는 다양한 종류의 영화들을 감상할 수가 있었다. 박물관과 수영장, 서로 부딪칠 염려 없이 자전거를 탈 수 있는 장소들도 있었다.

또한 텔레비전을 통해 여러 가지 채널의 다양한 프로그램을 즐길 수 있었으며, 모든 종류의 신문을 읽을 수 있었다. 신문기자들은 자신이 원하는 기사들을 거의 제한 없이 쓸 수 있었다. 사람들에게는 넉넉한 휴가 기간이 주어졌지만, 때로는 그것이 여행을 떠나기에 충분한 돈을 갖고 있지 못한 사람들에게 문제가 되기도 했다. 세상의 어느 도시에 사는 것보다 그곳이 모든 면에서 낫다 하더라도, 어떤 사람들은 단지 생존에 필요한 정도의 돈만을 갖고 있었고, 어떤 아이들은 학교에 다니는 것을 못 견뎌하거나 큰 실수들을 저지르기도 했으며, 더 이상 자신들을

돌봐 줄 부모가 없는 아이들도 있었기 때문이다.

일자리가 없는 어른들과 아무 술이나 마셔대며 좋지 않은 약들로 아픔을 치료하려고 하는 사람들도 있었다. 꾸뻬가 일하는 동네에는 그런 사람들이 살고 있지는 않았다. 그렇지만 예전에 종합병원에서 그런 사람들을 많이 돌본 적이 있었기 때문에 그런 불행한 사람들이 존재한다는 사실을 알고 있었다. 그후 매주 수요일마다 꾸뻬는 자신의 진료실로 가지 않고 종합병원으로 가서 불행한 사람들을 치료해 주었다. 그곳에서 그는 삐뇽과 같은 사람을 진찰한 적이 있었다. 그는 삐뇽에게 묻곤 했다.

"삐뇽 씨, 약은 제때 먹고 있는 거죠?"

"네, 네. 예수님은 나의 목자이십니다. 그분은 나의 발걸음을 인도하십니다."

꾸뻬가 다시 물었다.

"물론이죠. 그런데 약은 잘 복용하고 있는 건가요?"

"네, 네. 주님은 나의 목자이십니다. 그분은 나의 발걸음을 인도하십니다."

삐뇽은 하느님이 자신에게 끊임없이 말하고 있으며, 하느님은 인간과 똑같은 목소리를 갖고 있고, 높은 곳에서 사람들에게 대답한다고 믿고 있었다. 그럴 수도 있다고 사람들은 말할지 모른다. 그런데 문제는 삐뇽이 약을 복용하지 않은 날이면 혼자 길거리에서 큰 소리로 중얼거린다는 데 있었다. 게다가 술이라도 한잔 들이켠 후엔 목소리가 더 커졌고, 친절하지 않은 사람들은 그런 그를 조롱하기까지 했다. 그의 체격이 아직 건장했을 때는 그

런 일들이 좋지 않은 결과를 가져 왔다. 그때마다 삐뇽은 오랫동안 정신병원에 갇혀 있어야만 했다.

그 밖에도 삐뇽은 다른 많은 문제들을 갖고 있었다. 태어나서 한 번도 아버지나 어머니가 그를 곁에서 돌봐 준 적이 없었고, 학교도 제대로 다니지 못했으며, 하느님과의 대화를 시작한 이후에는 아무도 일자리를 주려고 하지 않았다. 그래서 꾸뻬는 삐뇽을 위해 사회 복지사인 여성과 함께 산더미 같은 서류들을 채워 나가야만 했다. 삐뇽이 아무도 살고 싶어하지 않는 동네에 있는 자신의 작은 집을 지킬 수 있도록 하기 위함이었다.

대도시 중심에 위치한 꾸뻬의 진료실은 일반 병원과는 사뭇 달랐다. 그를 만나러 오는 신사 숙녀들은 비교적 좋은 성적으로 학교를 졸업했고, 부모의 보살핌 아래 성장했으며, 직장도 갖고 있었다. 그리고 그런 것들을 잃는다 하더라도 그들은 잃은 것들을 메울 다른 것들을 금방 찾을 수 있었다. 잘 차려입은 옷에, 정확한 문법으로 자신들의 이야기를 할 수 있었으며, 그중에 어떤 여성들은 상당한 미모를 갖고 있었다. 그럼에도 불구하고 그들은 진짜로 마음이 병들었거나 매우 불행한 삶을 살고 있었다. 꾸뻬는 심리요법과 약물치료를 병행해 그들을 치료하곤 했다.

그러나 어찌 보면 많은 사람들이 진짜로 병을 갖고 있는 것은 아니었다. 또한 그런 병은 꾸뻬가 학교에서 치료법을 배운 병들도 아니었다. 그들은 자녀에게 다정하지 않은 부모를 만난 것도 아니었으며, 자신이 진심으로 사랑하는 어떤 사람을 잃은 적도 없는, 한마디로 진짜 불행한 삶을 산 적이 없는 사람들이었다.

하지만 그렇다고 또 행복하지도 않았다.

한 예로, 젊고 아주 매력적인 여자 까뜨린느가 자주 정신 상담을 받으러 꾸뻬를 찾아왔다.

꾸뻬가 물었다.

"어떻게 지내세요?"

그녀가 말했다.

"당신은 내가 어느 날 갑자기 '아주 좋아요' 하고 대답하기를 바라시죠?"

"왜 내가 그렇게 바란다고 생각하죠?"

"당신은 내가 하는 이야기들을 지겹다고 생각하니까요. 아닌가요?"

꾸뻬가 내심 그녀를 좋아하는 것은 사실이었지만, 그녀의 말이 아주 틀린 것은 아니었다. 까뜨린느는 자신의 일에 성공한 여자로, 흔히 말하는 능력 있는 사업가였다. 그녀는 물건들을 그 상품이 갖고 있는 원래의 가치보다 훨씬 비싼 가격에 파는 방법을 잘 알고 있었다. 그녀가 다니는 회사의 사장은 그런 그녀에 대해 매우 만족했기 때문에 곧잘 상당한 액수의 특별 수당을 주기도 했다.

그렇지만 까뜨린느는 늘 불만이었다. 특히 남자들에 대해서 그랬다. 그녀는 매력적이기 때문에 그녀의 삶에는 항상 남자들이 있었다. 하지만 만남은 매번 실패로 끝났다. 친절하고 부드러운 남자들은 그녀에게 아무런 자극도 주지 못했고, 반면에 자극적인 남자들은 그녀가 보기에 너무도 친절하지 않았다. 그래서

그녀는 어느 쪽이든 그들과 평생을 함께 한다는 것이 가능한 일인가 늘 따지곤 했다. 결국 그녀는 자극적인 남자들을 친절하게 만드는 방법을 찾아냈는데, 그것은 바로 그들과 헤어지는 것이었다. 그러나 그후에는 당연히 남자들이 그녀에게 더 이상 자극을 줄 수 없었다. 더군다나 그들은 사회적으로 비교적 중요한 위치에 있는 사람들이었다. 왜냐하면 까뜨린느는 상대방이 중요 인사가 아니면 사귈 필요조차 없다고 생각했기 때문이다.

꾸뻬는 완전한 행복이 무엇인가를 이해시키기 위해 까뜨린느에게 많은 질문을 던졌다. 그것은 친절하면서 자극적이고 사회적으로 중요한 위치에 있는 남자를 만나는 것이 행복의 필수 조건은 아니라는 것이었다. 게다가 사회적 성공과 친절함을 겸비한 사람을 찾는 것이 그리 말처럼 쉽겠는가! 하지만 까뜨린느에게 그 점을 이해시키기란 쉽지 않았고, 그녀는 남자에 대해 정말로 까다롭게 굴었다. 수많은 까뜨린느들……, 꾸뻬에겐 그녀와 비슷한 손님들이 많이 있었다.

까뜨린느와 비슷한 생각을 가진 남자들도 많이 있었다. 그들 역시 성적으로 자극적이면서 동시에 상냥하고, 성공적인 삶을 살고 있는 여자들을 원했다. 일에 있어서도 마찬가지였다. 그들은 사회적으로 높은 위치에 오를 수 있는 일들을 하고 싶어하면서, 동시에 자유롭게 살고 싶어했다. 하지만 아무리 자신의 일에 성공을 거두었더라도, 그들은 만일 다른 일을 했다면 더 행복하지 않았을까 하고 스스로에게 질문하곤 했다.

대체로 옷을 잘 차려입은 이런 사람들, 그들은 자신의 삶에 대

해 그다지 만족해 하지 않고 있었다. 자신의 직업에 대해 늘 의문을 제기하고, 자신이 과연 좋은 사람과 결혼을 했는지 아니면 결혼할 뻔했는지를 묻곤 했다. 또한 그들은 자신의 삶에서 중요한 어떤 것을 잃어버렸다는 느낌을 떨쳐 버릴 수가 없었다. 시간이 모두 흘러가 버려 결국 자신이 원하는 삶에 다가서지 못했다는 생각을 갖고 있었다.

마침내 그들은 자신이 행복하지 못하다는 사실을 발견했다. 그것은 절대로 웃을 일이 아니었다. 어떤 사람들은 가끔씩 자살을 생각하기도 했다. 꾸뻬는 그들로 인해 너무도 바빠졌다.

어느 날, 꾸뻬는 이런 종류의 사람들이 유독 자신을 좋아하는 이유가 무엇일까 하고 스스로 질문해 보았다. 그의 말하는 방식을 사람들이 특별히 마음에 들어하는 것인지도 모르는 일이었다. 아니면 콧수염을 만지작거리며 상대방을 바라보는 시선이나, 그의 사무실에 놓인 인도 조각상 때문일지도?

사람들은 서로 꾸뻬의 전화번호를 주고받았고, 점점 더 많은 사람들이 그의 진료실을 찾아왔다. 어느 날 꾸뻬는 자신보다 먼저 자리를 잡은 동료 정신과 의사들에게 물었다. '그들이 보살피고 있는 환자들은 정말로 아픈 사람들인가?' 동료들은 꾸뻬가 마치 바보 같은 질문이라도 한 듯 그를 빤히 바라보았다. 당연히 아니었다. 그들이 돌보는 환자들은 정말로 아픈 사람들이 아니었다! 동료 의사들 역시 사람들이 자신의 삶에 만족하지 못하고 있으며, 스스로 불행하다고 느낀다는 것을 알고 있었다. 동료들의 말을 듣고 꾸뻬는 그들이 자기보다 더 잘 해내고 있지는 않다

는 것을 알게 되었다.

그런데 아직도 이해가 가지 않는 일은, 다른 지역 사람들보다 더 많은 행운을 누리는 사람들이 사는 지역에, 다른 모든 지역을 합친 것보다 더 많은 정신과 의사들이 있다는 사실이었다. 그리고 그곳에 매달 새로운 의사들이 새 진료실을 내고 있었다! 만일 정신과 전문의 숫자를 표시한 세계 지도를 찾아본다면 꾸뻬가 살고 있는 나라의 정신과 전문의 숫자가, 훨씬 많은 인구를 가진 나머지 나라들의 정신과 전문의를 다 합친 것보다 압도적으로 많다는 사실을 알 수 있을 것이다. 하지만 그런 지도를 찾으려고 하지는 말라. 찾기가 쉽지 않을 테니까.

왜 모든 것을 갖고 있고 많은 행운을 누리는 사람들이 사는 지역에 정신과 의사가 더 많은 걸까? 이런 사실이 매우 흥미로웠지만, 그렇다고 그것이 꾸뻬에게 도움이 되지는 않았다. 꾸뻬는 자신이 불행한 사람들을 진정으로 행복하게 만들어 주지 못하고 있다는 느낌을 받았다. 그들은 꾸뻬를 만나는 것을 좋아했지만, 꾸뻬는 오히려 마음의 부담만 커질 뿐이었다.

그는 삐뽕과 같은 환자를 만날 때보다, 많은 것을 갖고 있으면서도 자신의 삶에 만족하지 못하는 사람들을 만날 때가 훨씬 더 피곤하다는 것을 알고 있었다. 불행하지도 않으면서 불행해 하는 사람들을 보면서 꾸뻬는 점점 더 피곤해졌고, 마침내는 그 자신 역시 점점 불행해져 갔다. 자신이 과연 좋은 직업을 선택한 것인지, 자신의 삶에 진정으로 만족하고 있는지, 아니면 자신도 모르는 사이에 중요한 어떤 것을 조금씩 잃어가고 있는 것은 아

닌지 스스로 질문하기에 이르렀다.

이쯤 되자 꾸뻬는 약간 두려워지기 시작했다. 그런 불행한 사람들의 병이 전염성이 있는 것은 아닌가 새삼 의심이 들었다. 그는 약을 복용해야겠다고 생각했다. 몇몇 동료 의사들이 약을 복용하고 있다는 것을 그는 알고 있었다. 하지만 다시 깊이 생각해보고는 그것이 근본적인 해결책이 아님을 곧 깨달았다.

어느 날 이리나 부인이 말했다.

"의사 선생님, 난 당신이 너무 지쳤다는 걸 알고 있어요."

꾸뻬가 얼른 말했다.

"아, 미안합니다. 그렇게 보였다면."

그러자 이리나 부인이 결론짓듯 말했다.

"당신에게는 여행이 필요해요. 그게 당신의 정신 건강을 위해 좋을 거예요."

꾸뻬는 그것이 좋은 충고라고 생각했다. 그렇다, 정말로 여행을 떠난다면? 타고난 의사인 꾸뻬는 자신을 가장 뛰어난 정신과 의사로 만들어 줄 특별한 여행을 계획했다. 마치 방학 숙제를 하는 학생처럼 그는 계획을 세웠다.

이제 꾸뻬는 여러 나라를 여행할 것이고, 세상 모든 곳에서 무엇이 사람들을 행복하게 하고 무엇이 불행하게 하는가를 발견하고자 할 것이다. 만일 행복의 비밀이 있다면 반드시 그것을 찾아내고야 말겠다고 꾸뻬는 스스로에게 다짐했다.

어디서 왔는가 알기 위해 멀리 떠나다

꾸뻬는 환자들에게 자신이 곧 여행을 떠날 것이라고 알렸다. 그 소식을 듣자, 깊은 마음의 병을 앓고 있던 어떤 환자는 꾸뻬에게 말했다.

"잘 생각했어요, 의사 선생님. 좀 쉬어야 해요. 특히나 정신과 의사들은 가끔씩 쉴 필요가 있어요!"

하지만 꾸뻬가 휴가를 떠나는 것을 불안하게 여기는 환자들은 말했다.

"아, 그래요? 이제 몇 주일 동안 당신을 볼 수가 없겠군요."

그렇게 말하는 사람들은 대부분 많은 걸 소유하고 있으면서도 곧잘 불행해 하는, 꾸뻬로서는 도저히 행복하게 해줄 수가 없는, 그리고 꾸뻬를 너무도 피곤하게 하는 사람들이었다.

꾸뻬에게는 클라라라는 이름의 여자 친구가 있었다. 꾸뻬는 그녀에게도 여행을 떠날 것이라고 알렸다. 그리고는 혹시 함께 떠나고 싶지 않느냐고 물었다. 클라라가 다정다감하지는 않지만 꾸뻬는 그녀를 좋아했고, 그럼에도 불구하고 두 사람은 함께 여행한 적이 많지 않았다.

꾸뻬와 클라라는 서로를 좋아했지만, 둘이서 함께 무언가를 한다는 게 힘이 들었다. 예를 들어 결혼이나 아이를 갖는 문제에

있어서도 클라라는 때때로 그렇게 하고 싶어한 반면에, 꾸뻬는 그 두 가지를 한꺼번에 하고 싶어한 적이 한 번도 없었다.

클라라는 큰 회사에서 많은 일을 했다. 그녀가 다니는 회사는 제약 연구소로, 다름 아닌 정신과 의사들에게 제공되는 알약을 만드는 곳이었다. 그녀는 자신의 회사에서 발명한 놀라운 신약, 특히 기적적인 효능을 지닌 최신 의약을 의사들에게 소개하기 위해 마련한 세미나에서 꾸뻬를 처음 만났다. 그녀는 세상의 모든 정신병 환자들과 의사들의 마음을 사로잡는 알약의 이름을 찾아내기 위해 상당히 많은 월급을 받으면서 일하고 있었다. 또 그녀가 하는 일에는 그 회사에서 만든 알약이 다른 곳에서 만든 알약들에 비해 월등히 좋다는 것을 의사들에게 믿게 만드는 일도 포함되어 있었다.

클라라는 아직 젊었지만 삶에서 많은 성공을 거두었다. 그 증거로 꾸뻬가 그녀의 사무실로 전화를 할 때마다 그녀와 통화를 하는 것이 무척 어려웠다. 그녀는 언제나 회의 중이었기 때문이다. 그리고 주말을 이용해 함께 여행을 떠날 때마다 그녀는 월요일까지 끝내야만 하는 일들 때문에 그곳까지 자신의 노트북 컴퓨터를 가져왔다. 심지어 그가 혼자 산책을 하거나 옆에서 잘 때에도 클라라는 일을 했다.

꾸뻬가 함께 여행을 떠나자고 제의하자, 클라라는 그렇게 갑자기 여행을 떠날 순 없다고 대답했다. 이유인즉 그녀의 회사에서 최근에 발명한 새로운 약, 다시 말해 세계 창조 이후에 만들어진 모든 약들 중에서 가장 효능 좋은 약의 이름을 짓기 위해

회의에 참석해야 하기 때문이었다. 그런 그녀를 이해했기 때문에 꾸뻬는 아무 말도 하지 않았다. 그럼에도 불구하고 기분은 조금 좋지 않았다. 약품의 이름 따위를 짓기 위한 회의보다 사랑하는 사람과 함께 떠나는 것이 더 중요한 게 아닌가 하고 그는 생각했다.

그러나 다른 사람의 관점을 이해해야만 하는 정신과 의사라는 직업에 익숙해져 있었기 때문에 그는 클라라에게 단지 이렇게 이야기했다.

"그래, 알았어. 충분히 이해해."

레스토랑에서 저녁을 먹으면서 클라라는 사무실에서의 자신의 삶이 얼마나 복잡한가를 이야기했다. 그녀가 다니는 회사에는 사장이 두 명이었는데, 불행히도 서로를 미워하는 사이였다. 하지만 둘 다 클라라를 좋아했다. 그래서 클라라는 늘 곤란한 상황에 빠지곤 했다. 한 사람을 위해 일을 하면 그것은 언제나 다른 한 명을 기분 나쁘게 하는 일이 되었고, 그 반대의 경우 역시 마찬가지였다.

꾸뻬는 클라라에게 자신이 왜 여행을 떠나려 하는지 아직 말하지 않았다. 저녁 식사 무렵부터 그녀가 자기 사무실에서의 문제들을 늘어 놓았기 때문이다. 그러나 그런 식의 대화를 계속 해나가면 결국 피곤하게 끝날 가능성이 컸기 때문에 꾸뻬는 사람들을 행복하게 하고 불행하게 하는 것이 무엇인가에 관한 설문조사를 곧바로 시작해야겠다고 마음먹었다. 클라라가 남은 음식을 마저 먹기 위해 잠시 말을 중단했을 때, 꾸뻬는 그녀를 바라

보며 물었다.

"행복해?"

그러자 클라라는 포크를 내려놓으며 꾸뻬를 빤히 쳐다보았다. 순간적으로 그녀는 감정이 격해진 듯했고, 꾸뻬에게 이렇게 물었다.

"나를 떠나고 싶어요?"

꾸뻬는 그녀의 눈이 사람들이 울기 시작할 때처럼 젖어 있는 것을 보았다. 그는 그녀의 손 위에 자신의 손을 올려놓았다. 그리고 그녀에게 절대 그런 게 아니며(아주 가끔씩 생각해 본 것은 사실이지만), 그런 질문을 한 것은 단지 자신이 행복에 관한 설문 조사를 시작했기 때문이라고 설명했다.

클라라는 많이는 아니지만 약간 안심이 된 듯 보였다. 꾸뻬는 왜 사람들이 무엇 때문에 행복해지고 불행해지는가를 알고 싶다고 말했다. 그러나 사실 그것보다 먼저 알고 싶은 것이 있었다. 꾸뻬가 그녀에게 행복한가 물었을 때, 왜 그녀는 그가 자신을 떠나고 싶어하는 것이라고 생각했을까?

클라라는 그것이 비난처럼 들렸다고 대답했다. 마치 "넌 절대로 행복해지지 못할 거야." 하고 그녀에게 말하는 것 같았다고. 다시 말해, 그것은 그가 그녀 곁에 더 이상 머물고 싶어하지 않는다는 것과 같은 뜻이었다. 결코 행복할 수 없는 사람과 함께 살고 싶어할 사람은 아무도 없을 것이기 때문이다.

꾸뻬는 그런 말을 하려고 했던 것이 아니라고 반복해서 말했다. 클라라를 완전히 안심시키기 위해 꾸뻬는 그녀를 웃길 만한

농담을 했다. 저녁 식사가 끝날 무렵 둘은 서로를 사랑하고 있다고 느꼈다. 그런 느낌은 그들이 잠자리에 들 때까지 이어졌다.

잠이 들면서 꾸뻬는 행복에 대한 자신의 설문 조사가 잘 시작되었다고 생각했다. 그는 벌써 두 가지를 배운 것이다. 그 한 가지는 그가 이미 알고 있던 것이지만, 여자들은 정신과 의사가 보기에도 매우 복잡한 존재라는 것이었다. 그리고 다른 하나는, 사람들에게 행복한가 하고 물을 때는 주의해야 한다는 점이었다. 그 질문은 사람들의 마음을 심하게 흔들어 놓을 수가 있기 때문이다.

꾸뻬는 먼저 중국으로의 여행을 결심했다. 중국을 여행한 적은 한 번도 없었지만, 왠지 그곳에 가면 행복의 비밀들을 배울 수 있을 것만 같았기 때문이다. 어렸을 때 읽은 〈푸른 연꽃〉이라는 만화에 나오는 땡땡의 모험과, 땡땡의 친구인 창의 아버지 왕 아저씨를 떠올렸다. 긴 턱수염과 함께 무척이나 지혜로워 보이는 그 중국 노인은 행복의 비밀을 알고 있을 것만 같았다. 분명히 그 노인과 비슷한 이들이 아직 중국에 남아 있으리라고 꾸뻬는 생각했다. 그런데 땡땡의 친구 창이 미쳐 버리는 바람에 그의 부모는 큰 불행에 빠졌다. 땡땡은 그들을 위로하려고 했지만 아무 소용이 없었다. 다행히도 나중에 땡땡은 악한들의 손아귀에서 왕 아저씨의 아들을 낫게 해줄 수 있는 대스승을 구출했다. 그래서 마지막엔 모든 사람이 행복해졌다.

어린 시절 이 감동적인 모험을 읽으면서 꾸뻬는 아마 처음으로 정신과 의사가 되기로 마음먹었는지도 모른다. 비록 그 나이

엔 그 단어가 무엇을 의미하는지 정확히 이해하지 못했지만. 꾸뻬는 클라라와 함께 영화관에 가서 여러 편의 중국 영화를 본 적이 있는데, 영화를 보면서 중국 여인들이 무척 예쁘다는 사실을 알았다.

비행기를 타기 위해 공항에 도착했을 때, 항공사 직원이 그에게 좋은 소식 한 가지를 알려 주었다. 항공사 측에서 꾸뻬가 여행하기로 되어 있는 곳까지의 탑승객이 예상외로 너무 많기 때문에, 더 많은 돈을 지불해야만 하는 비행기의 다른 칸에 그의 좌석 하나를 마련해 준 것이다. 그 특별한 칸은 마치 사업 때문에 여행을 떠나는 사람이 아니면 이용할 수 없기라도 하는 것처럼 '비즈니스 클래스'라는 이름이 붙어 있었다. 그곳에는 안락한 의자와 샴페인, 그리고 작은 개인 전용 텔레비전이 마련되어 있었다.

꾸뻬는 그 비즈니스 클래스 안에서 자신이 매우 행복해 하고 있음을 느꼈다. 의자는 더할 나위 없이 편안하고, 여자 승무원들은 미소지으며 그에게 샴페인을 따라 주었다. 꾸뻬는 여자 승무원들이 다른 어느 때보다 그에게 더 많이 미소를 짓는다는 것을 발견했다. 어쩌면 그것은 방금 마신 샴페인 때문이었는지도 모른다.

비행기가 하늘 속으로 점점 더 높이 날아가는 동안, 꾸뻬는 행복에 대해 생각했다. 왜 이곳에 있는 것이 이토록 행복한 것일까? 물론 그 비즈니스 클래스에서 그는 편안하게 몸을 뻗을 수 있었고, 공짜로 샴페인을 마실 수 있었으며, 긴장도 풀 수 있었

다. 하지만 그런 것들은 그의 집에 있는 안락한 소파 위에서도 얼마든지 할 수 있는 일들이었다. 그러나 집에서는 지금 이 비행기에서의 순간만큼 행복하지는 않았다. 꾸뻬는 주위를 둘러보았다. 두세 사람이 역시 미소지으며 그들 주위를 둘러보고 있었다. 꾸뻬는 그들이 자신처럼 항공사로부터 뜻밖의 선물을 받은 사람들이라는 걸 알았다.

꾸뻬는 옆사람에게로 시선을 돌렸다. 옆좌석에서는 한 남자가 심각한 표정으로 온통 숫자로 가득 찬 영자 신문을 읽고 있었다. 그는 여자 승무원이 샴페인을 권할 때도 마시지 않았다. 그는 꾸뻬보다 나이가 더 많아 보였고, 더 뚱뚱했으며, 최신 유행에 따라 조그만 캥거루가 그려진 넥타이를 매고 있었다. 그가 단순한 여행이 아니라 사업 관계로 출장을 가는 중임을 알 수 있었다.

잠시 후 두 사람은 대화를 나누기 시작했다. 그 신사의 이름은 비비엥이었는데, 비비엥은 꾸뻬에게 중국에 처음 가는 것이냐고 물었다. 꾸뻬는 그렇다고 대답했다. 비비엥은 자신이 중국에 대해 조금 알고 있다면서, 그곳에 자신의 공장이 있으며, 그곳에선 비비엥과 꾸뻬가 사는 나라보다 훨씬 싼 노동 임금으로 사업을 할 수 있다고 설명했다. 그러면서 그는 덧붙였다.

"우리나라에서보다 돈이 덜 들지만, 품질은 똑같지요."

비비엥의 공장에서는 장난감과 전자 게임기 등 아이들을 위한 모든 것을 생산하고 있었다. 비비엥은 결혼을 해서 세 아이를 두고 있었다. 그의 아이들은 장난감을 만드는 아버지 덕분에 언제나 많은 장난감을 갖고 놀았다. 꾸뻬는 경제에 대해서는 문외한

이었지만, 비비엥에게 그 모든 제품이 중국인들에 의해 만들어
진다는 것이 유감스럽지는 않은지, 그것이 결과적으로 자기 나
라 사람들의 일자리를 빼앗는 것은 아닌지 물었다.

비비엥이 대답했다.

"어떤 점에선 그럴 수도 있겠죠."

그러나 만일 자기 나라 노동자들이 일을 한다면, 장난감들의
가격은 세계 어느 나라 장난감보다 훨씬 더 비싸질 테고, 그러면
아무도 그의 장난감을 사지 않을 것이며, 그래서 그것은 시도해
볼 필요조차 없는 일이라고 비비엥은 잘라 말했다. 그는 결론을
내리듯 말했다.

"이게 바로 세계화란 거죠."

비비엥은 역사적으로 볼 때도 그것이 좋은 일이며, 얼마 안 가
중국인들도 부를 축적하게 되어 자신들의 아이를 위해 장난감을
살 수 있을 것이라고 덧붙였다. 꾸뻬는 자신이 정신과 의사가 되
기로 결정한 것이 옳은 판단이었다는 생각이 들었다. 왜냐하면
중국에 아무리 좋은 정신과 의사가 있다고 할지라도, 사람들이
자신의 문제를 상담하기 위해 중국으로 가지는 않을 것이기 때
문이다.

꾸뻬는 비비엥에게 특별히 중국인들과 자신들이 다른 점이 있
는가 물었다. 비비엥은 곰곰이 생각하더니 대답했다. 근본적인
것들에 있어서는 별로 다를 게 없다고. 대도시 사람들과 시골 사
람들은 차이가 있지만, 그것은 세계 어느 나라나 마찬가지라고.
비비엥은 창의 아버지와 같은 사람을 그곳에서 찾을 수 있는 기

회는 많지 않았다고 말했다. 중국도 〈푸른 연꽃〉 시대 이후 많이 변했기 때문이라는 것이었다.

대화를 시작했을 때부터 꾸뻬는 비비엥에게 행복한가 묻고 싶었지만, 클라라의 반응을 기억하고 있었기 때문에 이번에는 조심을 했다. 꾸뻬는 "너무나 편안한 의자군요!" 하고 말하면서 화제를 바꾸었다. 그렇게 시작하면 비비엥은 아마도 비즈니스 클래스 여행이 참으로 만족스럽다고 말할 것이고, 그러면 자연히 행복에 대해 이야기할 수 있으리라고 생각했다.

그런데 비비엥이 투덜거리는 것이었다.

"흥, 이 의자는 퍼스트 클래스보다 훨씬 덜 눕혀지는 걸요."

꾸뻬는 비비엥이 줄곧 비즈니스 클래스로 여행해 오다가, 어느 날 한 단계를 높여 퍼스트 클래스에 탑승했을 것이고, 그래서 그 이후로 계속 그것을 기억하는 것임을 알 수 있었다. 꾸뻬는 깊은 생각에 잠겼다. 비비엥과 꾸뻬는 지금 완전히 똑같은 의자에 앉아 있었다. 그리고 완전히 똑같은 샴페인을 마시고 있었다. 그러나 둘이 느끼는 감정은 확연히 달랐다. 꾸뻬는 이 모든 것들에 행복해 했다. 비비엥과는 달리 이런 것들에 익숙해 있지 않았기 때문이다. 비비엥과의 또 다른 차이점이 있다면, 비비엥은 비즈니스 클래스로 여행하는 것을 알고 기다렸던 반면, 꾸뻬에게는 이 비즈니스 클래스 여행이 뜻밖의 선물이라는 것이었다.

그것은 여행이 가져다준 첫번째 작은 행복이었지만, 비비엥을 보면서 꾸뻬는 갑자기 걱정이 되기 시작했다. 만일 다음번 여행에서 이코노미 클래스를 타게 되면, 오늘 비비엥이 1등석에 타지

못한 것을 불만스러워하듯이 비즈니스 클래스에 타지 못한 것을 불만스러워하지 않을까?

이것은 꾸뻬가 여행에서 발견한 첫번째 배움이었다. 그는 이번 여행을 위해 특별히 준비한 작은 수첩을 꺼내 다음과 같이 적었다.

배움1_ 행복의 첫번째 비밀은 자신을 다른 사람과 비교하지 않는 것이다.

샴페인을 한 모금 더 마신 뒤 꾸뻬는 다시 이렇게 적었다.

배움2_ 행복은 때때로 뜻밖에 찾아온다.

일을 그만두기 위해 일하는 사람들

비행기에서 내린 꾸뻬는 놀라지 않을 수 없었다. 물론 〈푸른 연꽃〉에 나오는 풍경들과 똑같은 것을 기대한 건 아니었지만, 꾸뻬가 도착한 도시에는 그의 나라 사람들이 사무실을 만들기 위해 도시 전체에 건물을 짓는 것과 마찬가지로, 유리로 된 현대식 건물들이 빽빽히 들어서 있었다. 작은 산자락 끝과 바다 바로 옆에 세워져 있다는 것 말고는 건물과 도로 모두 꾸뻬가 사는 나라와 완전히 똑같았다. 한 가지 다른 점이 있다면 그가 늘 보던 사람들이 아닌, 회색 옷을 입은 중국인들이 빠른 걸음으로 걷고 있고, 큰 목소리로 휴대폰에 대고 이야기를 한다는 것이었다.

꾸뻬는 수많은 중국인들, 그리고 가끔 영화 속 주인공보다는 못하지만 꽤 예쁜 여자들 사이를 지나갔다. 그녀들은 무척 바빠 보였으며, 그녀들이 입고 있는 옷은 클라라의 옷차림과 비슷했다. 꾸뻬는 그녀들 역시 사무실에서 많은 회의에 참석해야 할 것

이라는 인상을 받았다. 호텔로 가는 택시 안에서 꾸뻬는 지붕이 재미있게 생긴 진짜 중국식 집을 보았다. 그 집은 골동품 가게로, 커다란 현대식 건물들 사이에 끼어 있는 유일한 중국식 집이었다. 꾸뻬가 묵을 호텔은 온통 유리로 된 고층 건물이었다. 그동안 세미나 참석차 제약 회사로부터 초대받아 묵었던 호텔들과 아무런 차이가 없었다. 꾸뻬는 자신의 여행이 처음에 계획했던 여행과는 전혀 다른 방향에서 시작되었다고 생각했다.

하지만 다행히 친구 뱅쌍이 그 도시에 살고 있었다. 뱅쌍은 꾸뻬와 같은 고등학교를 다녔으며, 꾸뻬가 정신과 의사의 길을 선택했을 때 은행업에 종사하기 시작했다. 그래서 지금은 최신 유행에 따라 밑부분에 작은 동물들이 그려져 있는 실크 넥타이를 많이 갖고 있었다. 골프를 즐기고, 꾸뻬가 비행기에서 만난 비비엥처럼 숫자로 가득한 영자 신문을 날마다 읽었다. 하지만 뱅쌍은 비비엥과는 달리 공장에 들어가 본 적은 없었다.

꾸뻬와 뱅쌍은 고층 건물 꼭대기에 있는 근사한 레스토랑에서 만났다. 그곳은 정말 멋진 곳이었다. 바다 위에 떠 있는 배들과 도시의 불빛들이 한눈에 내려다보였다. 사실 그 도시는 중국 본토와 분리된 작은 반도와 커다란 섬으로 이루어진 도시였다.

뱅쌍은 그런 풍경들에는 전혀 관심이 없는 듯 보였다. 그는 오직 온갖 종류의 와인이 적힌 메뉴판만을 들여다보고 있었다.

뱅쌍이 곧 꾸뻬에게 물었다.

"프랑스 산, 이탈리아 산, 캘리포니아 산, 어느 게 좋아?"

꾸뻬는 이미 질문에 대해 다시 질문으로 대답하는 법을 알고

있었기 때문에 이렇게 대답했다.

"넌 뭘 좋아하는데?"

그러자 뱅쌍은 금세 주문할 와인을 결정했다. 마지막으로 만났을 때보다 뱅쌍은 훨씬 늙어 보였다. 눈 밑엔 볼록한 주머니가 생기고, 턱 밑도 조금 늘어져 있었으며, 몹시 피곤해 보였다. 그는 자신이 주당 80시간을 일한다고 말했다. 계산해 보니 꾸뻬가 일하는 시간의 두 배에 가까웠다. 그것 때문에 뱅쌍은 정말로 슬퍼했다. 그토록 많이 일하는 것은 끔찍한 일이었다.

그러나 뱅쌍이 얼마만큼의 돈을 버는지 얘기하고, 꾸뻬가 다시 자기가 버는 돈보다 뱅쌍이 버는 돈이 일곱 배나 많다고 말하자, 뱅쌍은 한결 덜 슬퍼 보였다. 뱅쌍이 고른 와인의 가격을 보고, 꾸뻬는 뱅쌍이 그렇게 많은 돈을 버는 것이 다행이라고 생각했다. 아니면 어떻게 그 비싼 와인 값을 낼 수 있겠는가?

두 사람은 오랜 친구이기 때문에 꾸뻬는 뱅쌍에게 삶이 행복하냐고 편안한 마음으로 물을 수 있었다. 그 질문에 뱅쌍은 웃었다. 그것은 사람들이 진심으로 기쁠 때 웃는 그런 웃음이 아니었다. 일을 너무 많이 하는 사람들은 자기 자신에게 그런 질문을 할 시간이 없다고 뱅쌍은 설명했다. 그리고 그런 이유 때문에 곧 일을 그만둘 것이라고 그는 말했다.

꾸뻬가 물었다.

"당장 그만둘 거야?"

꾸뻬는 사실 조금 놀랐다. 그리고 꾸뻬의 삶이 자신의 삶보다 덜 피곤해 보여 뱅쌍이 갑자기 그런 결정을 한 것은 아닌지 걱정

이 되었다.

뱅쌍이 말했다.

"아니, 지금 당장이 아니라 3백만 달러를 벌고 난 뒤에."

뱅쌍은 그것이 자기 분야에서 일하는 사람들 사이에 생긴 최신 경향이라고 설명했다. 열심히 일을 해서 돈을 많이 번 사람들은 전에 하던 일을 그만두고 다른 것을 시작하든지 아니면 아무것도 하지 않는다는 것이었다.

꾸뻬가 물었다.

"그래서 그들은 행복해?"

뱅쌍은 한참을 곰곰이 생각하더니, 그런 식으로 몇 년을 계속해서 일하고 나면 일을 그만둘 때쯤에는 이미 많은 사람들이 정상적인 상태가 아니라고 말했다. 건강만이 문제의 전부는 아니었다. 어떤 사람들은 하루에 더 많은 시간을 일하기 위해 건강에 해로운 약들을 습관적으로 복용했고, 그런 것들 없이는 잘 지낼 수조차 없게 되어 버렸다. 종종 이혼하는 사람들도 있었다. 잦은 회의 참석이 아내와 함께 할 시간까지 빼앗아 버렸기 때문이다. 또한 그들은 언제나 돈에 대해 걱정했다. 사람들은 돈을 많이 벌게 되면 그것을 잃을까 두려워하기 때문인데, 특히 뱅쌍처럼 매일 값비싼 와인을 주문할 경우엔 더욱 그랬다. 또 그들은 삶에서 자신이 무엇을 추구해야 하는지를 알지 못했다. 일 외엔 아무것도 하지 않았기 때문이다.

뱅쌍이 말했다.

"그렇긴 하지만 어떤 사람들은 문제를 잘 극복해."

꾸뻬가 물었다.

"그게 누군데?"

뱅쌍이 대답했다.

"계속해서 일하는 사람들."

그러면서 뱅쌍은 웨이터가 내미는 와인 병의 상표를 보기 위해 말을 멈추었다. 그 웨이터는 중국인이라는 것 말고는 다른 웨이터들과 하나도 다르지 않았다.

꾸뻬는 뱅쌍에게 어떤 종류의 일을 하고 있느냐고 물었다. 뱅쌍은 자신이 하는 일은 일종의 '기업 합병'이라고 설명했다. 그것에 대해 꾸뻬는 조금 들은 바가 있었다. 정신과 치료 약을 만드는 두 제약 회사가 합병을 한 적이 있었기 때문이다. 그 결과 아무것도 의미하지 않는 새로운 이름을 가진 하나의 커다란 제약 회사가 탄생했다. 그것은 세간의 많은 관심을 끌었는데, 그도 그럴 것이 이전에 작은 두 회사로 나뉘어져 있을 때보다 그 대형 회사가 잘 되지 않았기 때문이다.

꾸뻬는 적지 않은 사람들, 다시 말해 신문에서 숫자란들이 있는 면을 주로 보던 사람들이 그 합병으로 많은 돈을 잃었고, 그것이 그들을 불행하게 만들었음을 알고 있었다. 세미나 참석으로 인해 꾸뻬와 안면이 있는 두 회사의 사람들이 같은 시기에 꾸뻬의 진료실로 정신 상담을 하러 찾아왔기 때문이다. 그들은 그 당시 많은 두려움과 슬픔을 느끼고 있었다. 설령 그 새로운 제약 회사가 한 개의 이름을 갖고 있다 하더라도 과거의 두 회사에 속해 있던 사람들은 서로 잘 통하지 않았으며, 그래서 자신들의 일

자리를 잃게 될까 봐 많이 불안해 했다. 뱅쌍은 합병이라는 것이 원래 그런 것이기 때문에 그것이 그렇게 놀랄 만한 일은 아니라고 말했다. 돈이 많은 사람들은 돈을 잃고 그들보다 돈이 없는 사람들은 직업을 잃는 식으로, 결국 그것이 그렇게 성공적으로 끝나지만은 않는다는 것이었다.

꾸뻬가 물었다.

"그런데 왜 사람들은 계속해서 그것을 시도하는 거지?"

뱅쌍이 웃으며 말했다.

"왜냐하면 우리들에게 일자리를 주기 위해서지!"

뱅쌍은 꾸뻬를 만나 즐거워 보였다. 식사를 시작할 때보다 훨씬 기분이 좋은 것 같았다. 뱅쌍은 또한 합병이 꼭 3백만 달러와 같다고 설명했다. 합병을 결정하는 사람들은 그들이 합병을 통해 더 부자가 되고 더 중요 인사가 될 것이기 때문에, 그 이후에는 더 행복해지리라고 기대한다는 것이다.

꾸뻬에게는 이 저녁 식사가 매우 흥미로운 것이었다. 행복에 관해 많은 것들을 메모할 수 있을 것 같았다. 그러나 와인을 많이 마신 게 후회가 되었다. 벌써 어지러워지기 시작했기 때문이다. 저녁 식사가 끝나갈 무렵 뱅쌍은 무척 즐거워 보였지만, 한편으로는 왠지 이 식사만으로는 만족스럽지 못한 듯했다. 뱅쌍은 다른 곳으로 장소를 옮기자고 고집을 부렸다.

뱅쌍이 말했다.

"넌 중국에 대해 알아야만 해!"

꾸뻬는 뱅쌍이 가고 싶어하는 또 다른 장소가 이 레스토랑과

비슷할 것이라고 생각했다. 행복에 관해 배운 것들을 적기 위해 호텔로 돌아가고 싶었지만, 뱅쌍이 친구이기 때문에 그가 가자고 하는 곳으로 함께 가기로 했다.

새로 도착한 레스토랑 입구에는 옷을 잘 차려 입은 덩치 큰 중국인 남자가 귀 뒤에 마이크가 달린 선을 늘어뜨리고 서 있었다. 그는 뱅쌍을 보자 잘 아는 사이인 듯 살짝 윙크를 했다. 레스토랑 안은 커다란 바를 연상시켰다. 유쾌한 음악이 흐르고, 부드러운 조명 아래 뱅쌍과 꾸뻬 같은 사람들이 적지 않게 앉아 있었다. 중국인들만이 아니라 외국인들도 꽤 있었다. 안으로 들어서자마자 꾸뻬는 곧 영화 속에 나오는 여인들처럼 예쁜 중국 여자들이 그곳에 있다는 것에 주목했다. 어떤 여자들은 너무 예뻐서 바라보는 것조차 힘들었다. 그녀들은 무척 즐거운 듯 보였으며, 꾸뻬와 뱅쌍 같은 남자들과 이야기를 나누고 있었다. 그녀들과 이야기를 나누는 남자들 역시 즐거워 보였다.

뱅쌍이 화이트 와인 한 병을 시켰다. 와인은 얼음이 가득 든 양동이 안에 담겨져서 나왔다. 그 순간 매력적인 중국 여인이 뱅쌍에게 다가와 말을 건넸다. 두 사람은 서로를 잘 알고 있는 듯했다. 뱅쌍이 농담을 할 때마다 그녀는 웃음을 터뜨렸고, 그녀 역시 뱅쌍의 귀에 대고 농담을 해서 뱅쌍을 웃게 만들었다.

이 모든 것들이 나쁘진 않았지만, 꾸뻬는 이 여행의 목적이 행복의 비밀을 배우기 위한 것임을 상기했다. 그리고 저녁 식사를 하는 동안 자신이 배운 것들을 잊어버리지 않기를 바랐다. 그래서 그 자리에서 작은 수첩을 꺼내 메모를 하기 시작했다. 언젠가

3백만 달러를 번 뒤 자신의 일을 그만두기 위해 열심히 일하는 사람들을 떠올렸다.

배움3_ 많은 사람들은 자신의 행복이 오직 미래에만 있다고 생각한다.

그리고 합병을 결정하는 사람들에 대해 생각했다.

배움4_ 많은 사람들은 더 큰 부자가 되고 더 중요한 사람이 되는 것이 행복이라고 생각한다.

"뭘 하고 계세요?"

꾸뻬는 눈을 들어 자기 앞에 나타난 여성을 바라보았다. 자신의 삶에서 만났던 모든 여성들 중에서 가장 예쁜 한 중국 여인이 자기를 쳐다보며 미소짓고 있었다. 사실 그녀는 영어로 이렇게 말했었다. "왓 아 유 두잉?" 하지만 이 책은 방학 숙제가 아니기 때문에 독자를 위해 모두 번역하기로 했다.

꾸뻬는 무엇이 사람들을 행복하게 하고 불행하게 하는가를 이해하기 위해 메모를 하고 있다고 영어로 대답했다. 그러자 그 예쁜 중국 여인은 아주 매력적으로 웃었다. 꾸뻬가 농담을 하고 있다고 여긴 것이 분명했다. 그래서 꾸뻬는 그녀에게 왜 자기가 이곳에서 메모를 하고 있는지 좀더 설명을 했다. 그녀는 웃음을 멈추고 약간 바보 같은 표정으로 그를 쳐다보았다. 바보 같은 표정

조차도 매력적이었다.

꾸뻬는 그녀와 통성명을 했다. 그녀는 잉리라는 이름의 대학생이었다. 꾸뻬가 물었다.

"무슨 공부를 하죠?"

잉리가 대답했다.

"호텔 관광학이요."

꾸뻬는 고개를 끄덕였다. 그녀가 그런 술집에 온 이유를 나름대로 이해할 수 있었다. 외국인들이 많은 이런 곳에 오면 중국을 찾는 여행객들에 대해 가장 잘 알 수 있을 것이기 때문이었다. 잉리는 그에게 무엇을 하며 사는지 물었고, 꾸뻬는 그녀에게 두려움을 갖고 사는 사람들의 슬픔과 그들을 괴롭히는 이상한 생각들에 대해 말해 주었다. 잉리는 흥미를 갖고 꾸뻬의 이야기에 귀를 기울였다. 그리고 자신도 슬플 적에는 친구를 찾아가며, 그러고 나면 슬픔이 조금 누그러진다고 말했다.

꾸뻬는 그녀에게 줄곧 이 도시에서 태어나 살아왔는가를 물었다. 잉리는 고개를 저었다. 자신은 중국 본토의 다른 지방에서 왔으며, 그곳의 중국인들은 말할 수 없이 가난하고, 자신이 이곳으로 건너올 수 있어서 무척 기쁘다고 말했다. 잉리에게는 여동생들이 있는데, 그들은 아직 중국 본토에 남아 있다고 했다. 그녀의 여동생들은 호텔 관광학을 공부하는 학생들이 아니라, 놀랍게도 꾸뻬가 비행기에서 만난 비비엥이 중국에 세운 공장에서 일하고 있었다. 잉리는 계속해서 꾸뻬에게 자신에 관한 이야기를 했다. 잠시 후, 뱅쌍이 꾸뻬의 어깨를 치며 물었다.

"어때, 좋아? 잘 즐기고 있는 거야?"

꾸뻬는 그렇다고 대답했다. 하지만 '즐긴다'라는 단어가 적합하지는 않다고 생각했다. 즐기고 있는 것이 아니라, 처음으로 잉리를 만났지만 꾸뻬는 그녀에 대해 사랑의 감정을 느끼고 있었다. 잉리는 자신의 이야기를 계속해 나갔지만, 꾸뻬는 그녀가 하는 모든 말들을 듣고 있었던 건 아니었다. 그녀가 너무도 아름다워, 바라보고 듣는 것을 한꺼번에 한다는 것이 어려웠다.

마침내 사람들이 바를 떠나기 시작했고, 그들도 자리에서 일어났다. 그들 넷은 밖에서 기다리고 있던 택시에 올라탔다. 뱅쌍과 그의 중국 여자 친구, 잉리, 그리고 운전사 옆에 앉은 꾸뻬. 뱅쌍은 중국인 운전사에게 출발할 것을 지시했다.

택시는 꾸뻬가 머물고 있는 호텔 앞에서 잠시 멈춰 섰다. 택시에서 내리고 나서야 꾸뻬는 잉리의 전화번호를 묻지 않은 것을 깨달았다. 어떻게 하면 그녀를 다시 만날 수 있단 말인가! 그러나 그것은 그가 잘못 생각한 것이었다. 그녀가 꾸뻬를 따라 택시에서 내렸기 때문이다. 뱅쌍과 그의 중국 여자 친구는 그들을 호텔 앞에 내려놓고는 곧바로 떠났다.

꾸뻬는 이 상황이 어색했지만, 남자라면, 또 정신과 의사라면 결정을 내려야 한다고 스스로에게 말했다. 꾸뻬는 호텔 프런트에 있는 직원들을 외면한 채 잉리의 손을 잡고 로비를 가로질러 갔다. 그리고 그들은 엘리베이터 안에 있는 서로를 바라보았다. 그 다음은 이야기할 필요가 없을 것이다. 왜냐하면 꾸뻬와 잉리는 당연히 꾸뻬의 방으로 들어가, 사랑하는 사람들이 하듯 서로

를 사랑했을 것이고, 그 다음이 어떻게 진행될지는 누구나 알 것이기 때문이다.

다음날 아침, 잠에서 깨어난 꾸뻬는 잉리가 욕실 안에서 노래를 부르는 소리를 들었다. 뱅쌍이 주문한 여러 종류의 술 때문에 머리가 아팠지만, 잉리의 노랫소리가 그를 행복하게 했다. 큰 수건을 몸에 감고 욕실에서 나온 잉리는 잠에서 깨어난 꾸뻬를 보자 어제와는 또 다른 느낌의 매력적인 미소를 지었다. 바로 그때 전화벨이 울렸고, 꾸뻬가 수화기를 들었다. 뱅쌍이었다. 그는 꾸뻬에게 좋은 밤을 보냈느냐고 물었다. 꾸뻬는 그냥 그렇다고만 대답했다. 자기를 바라보고 있는 잉리를 앞에 두고서 어제 일에 대해 설명을 한다는 것이 어려웠다.

뱅쌍이 말했다.

"내가 널 위해 그녀를 고른 거였어. 네가 그녀를 마음에 들어할 줄 알았지. 돈 걱정은 하지마. 내가 다 알아서 할 테니까."

갑자기 꾸뻬는 모든 상황을 이해할 수 있었다. 꾸뻬가 자신을 바라보자, 그가 무엇을 이해했는가를 알아차린 잉리는 웃음을 멈추었다. 그런 그녀는 약간 슬퍼 보였다. 꾸뻬 역시 슬픔을 느꼈다. 하지만 그는 내색하지 않고 잉리에게 상냥하게 대했다. 그녀가 탁자 위에 자신의 전화번호를 남겨 놓고 떠날 때는 그녀의 볼에 가벼운 키스를 했다.

노승이 알고 있는 행복의 비밀

꾸뻬는 기분이 몹시 우울했다. 호텔을 나온 그는 커피를 마시고 싶었다. 마침 다양한 종류의 커피를 파는 모던한 감각의 카페 하나가 눈에 띄었다. 학술 세미나 참석차 갔던 세계의 여러 도시에서, 그곳과 똑같은 이름을 가진 카페에서 커피를 마신 경험이 있었다. 그래서 꾸뻬는 그런 장소에서 어떻게 주문을 해야 하는지 알고 있었다. 단지 그 카페는 중국인 남자들과 여자들로 가득하다는 것이 다를 뿐이었다. 그들은 이야기를 하고 있거나 신문을 읽고 있었다. 서빙을 하는 사람들 역시 모두 중국인이었다.

꾸뻬는 거리를 내다보기 위해 유리창 옆에 자리를 잡고 앉았다. 이미 짐작했겠지만 거리에도 많은 중국인들이 지나다니고 있었다. 꾸뻬는 자신이 조금 불행하다고 느꼈다. 그러나 마음 깊은 곳에서, 이 불행의 존재 역시 행복에 대해 무언가를 배울 수 있게 해줄 것이라는 목소리가 들려왔다.

꾸뻬는 곰곰이 생각했다. 왜 자신은 불행한 것일까? 첫번째 이유로 그는 머리가 좀 아팠다. 그것은 뱅쌍이 지나치게 많이 주문한 술 탓이었다. 그렇게 많은 양의 술을 마시는 것에 그는 익숙하지 않았다. 그 다음으로, 잉리 때문에 불행했다. 잉리라는 이름은 단순했지만, 여러 가지 복잡한 문제들을 꾸뻬에게 안겨 주

었다. 그리고 그는 그 문제들에 대해 깊이 생각하고 싶지도 않았다. 그 문제들이란 것이 스스로 인정하기에 기분 좋은 것들이 아니었기 때문이다.

그런 사실이 꾸뻬를 약간 두렵게 만들었다. 그는 두려움의 정체를 잘 알고 있었다. 그것은 마치 그의 환자들이 자신의 문제들에 대해 진심으로 깊이 생각하려 하지 않는 것과 같은 것이었다. 그가 하는 일은 바로 그들이 그 두려움을 마주보고, 자신에게 닥친 문제가 무엇인가를 인식할 수 있도록 도와주는 것이었다. 꾸뻬가 배운 점은, 두려움과 내면의 문제는 직접 대면하지 않으면 결코 사라지지 않는다는 것이었다.

그 순간 여종업원이 그에게 커피를 더 마시겠느냐고 물었다. 그녀는 젊고 귀여웠기 때문에 잉리를 생각나게 했고, 그것이 꾸뻬의 가슴을 더 아프게 했다. 꾸뻬는 작은 수첩을 꺼내 아무 의미도 없는 작은 그림들을 그리기 시작했다. 그것은 생각을 깊이 하는 데 도움을 주었다. 가끔 그는 자신의 환자가 전화를 붙들고 너무 길게 이야기를 늘어 놓을 적에 그렇게 하곤 했었다.

꾸뻬가 불행을 느낀 또 다른 원인은 클라라 때문이었다. 당연히 그녀는 잉리와 자신에게 있었던 일을 영원히 알 수 없을 테지만, 다른 각도에서 생각해 보면, 만일 클라라가 그와 함께 중국에 왔다면 그는 잉리를 만나지 않았을 것이다. 클라라와 함께라면 그는 지혜롭게 행동했을 것이고, 그랬으면 실수를 하지도 않았을 것이다. 따라서 클라라에게도 조금의 잘못은 있는 것이다. 그렇게 생각하자, 꾸뻬는 약간은 덜 불행해졌다.

그러나 완전히 문제가 해결된 것은 아니었다. 꾸뻬는 자신에게 일어난 일들을 이해할 수 없었기 때문에 여전히 불행했다. 그는 잉리가 자기 곁으로 다가왔던 것이 그의 작은 수첩에 흥미를 느꼈기 때문이라고 믿었었다. 그리고 그녀가 자신을 따라 호텔까지 온 것도 꾸뻬에 대해 관심을 느꼈기 때문이라고 여겼었다. 그런데 그것이 사실이 아니었기 때문에 꾸뻬는 마음의 고통을 받았다. 하지만 잉리는 자신의 직업에 따라 행동했을 뿐이다. 그녀가 생각하기에, 그녀의 생활은 비비엥의 중국 본토 공장에서 일하는 자신의 여동생들보다는 덜 고생스런 것이었다. 바에 있을 때 잉리는 자신의 여동생들이 한 달에 얼마를 버는가를 말했었다. 그것은 뱅쌍이 시킨, 그들 바로 옆에 놓인 얼음통 속에서 반짝이는 화이트 와인 가격의 반의 반도 되지 않은 액수였다.

잉리의 직업에 대해 알고 나자 꾸뻬는 더 이상 슬프지 않았다 (물론 그녀의 직업이 그를 조금 슬프게 하는 건 사실이었다). 왜냐하면 전날 저녁에는 아무것도 알지 못했었기 때문이다. 한편으로는 또 슬픔을 느꼈는데, 그날 아침에서야 자신이 아무것도 알지 못하고 있었다는 것을 깨달았기 때문이다. 아무것도 알지 못하고 있었다는 것을 알게 되는 것은 전혀 기분 좋은 일이 아니었다. 그것은 정신과 의사에게 있어서는 가장 고통스러운 일이었다. 꾸뻬는 아직도 기분이 우울했기 때문에 커피 값을 치르고 카페를 나왔다.

밖으로 나온 꾸뻬는 길을 건너려다 그만 차에 치일 뻔했다. 이 도시에서는 자동차들이 왼쪽으로 다닌다는 사실을 깜빡 잊어버

렸기 때문이다. 그는 자신이 어디로 가려고 했는지 혼잣말로 중얼거렸다. 뱅쌍은 근무 중이기 때문에 그를 보러 갈 수도 없었다. 뱅쌍은 하루 종일 사무실에서 일했다. 그들은 그날 저녁에도 함께 식사를 하기로 했지만, 꾸뻬는 자신이 정말로 그렇게 하고 싶은지 더 이상 확신할 수가 없었다. 사실 그는 뱅쌍에게 조금 화가 나 있었다. 뱅쌍이 자신을 즐겁게 해주고 싶어했다는 것은 알고 있었지만, 오늘 아침의 결과란 꾸뻬에게 불행을 느끼게 해주었을 뿐이다. 뱅쌍은 술을 많이 마시는 것을 좋아했고, 그래서 꾸뻬 역시 꽤 많이 마시게 되었다. 또 뱅쌍은 사람들을 즐겁게 해주는 것이 직업인 중국 여인들을 만나는 걸 좋아했고, 그래서 꾸뻬는 잉리를 만나게 된 것이다.

꾸뻬는 뱅쌍이 스키를 잘 타는 사람들과 비슷하다고 생각했다. 어느 날 그들은 스키 초보자인 친구를 아주 가파른 스키장으로 데려가 그들을 따라하는 것이 매우 즐거운 경험이 될 것이라고 말한다. 사실 그들이 친구를 그 고난도의 트랙으로 데려간 것은 자신들이 스키를 잘 탄다는 것을 과시하기 위해서다. 초보자 친구는 그들을 따라하려고 노력해 보지만 그것은 두려움만 안겨줄 뿐 아무런 즐거움도 주지 못한다. 그는 분명 넘어질 테고 그래서 그만두고 싶어하지만, 어쨌든 가파른 경사면을 내려와야만 한다. 다른 사람들이 지면의 굴곡을 따라 솟아오르고 환호성을 지르는 동안 그는 스스로 불행하다고 느낄 것이다.

길을 걷다가 꾸뻬는 우연히 선로가 하나뿐인 작은 기차역에 이르렀다. 사실 그건 일반 기차가 아니라 산에서나 볼 수 있는

기차였다. 이미 말했듯이 그 도시는 산자락 끝에 건설되었다. 장난감처럼 생긴 작은 기차는 바로 산 정상까지 올라가는 기차였다. 꾸뻬는 산 위로 올라가면 기분이 좀더 나아질 것이라는 생각이 들었다. 그래서 챙 달린 모자를 쓴 나이 많은 중국인으로부터 표 한 장을 사서 나무로 된 작은 객차 안에 앉았다.

기차가 떠나기를 기다리는 동안 그는 다시 잉리를 생각했다. 그녀가 행복한 모습으로 타월을 몸에 두른 채 욕실을 나오던 모습이 떠올랐다. 꾸뻬가 어떤 사실을 알아차렸음을 감지하면서 그녀는 웃음을 멈췄다. 그후 그녀는 슬퍼 보였고, 두 사람은 대화를 하는 게 힘이 들었다.

이윽고 시동이 걸리고, 작은 기차는 건물들을 가로지르며 산 위로 올라가기 시작했다. 기차는 매우 빠른 속도로 숲과 구름들과 파란 하늘을 지나갔다. 마침내 모든 것이 초록으로 뒤덮인 아름다운 산을 볼 수 있었다. 산 아래로는 배들이 바다 위에 떠 있었다. 풍경은 아름다웠지만, 꾸뻬는 여전히 자신이 불행하다고 느끼고 있었다.

산 위의 역은 콘크리트로 만들어진 거대한 정육면체 모양으로, 아래에 있는 역보다 훨씬 컸다. 내부에는 식당과 기념품 가게들, 그리고 영국 수상과 미국 영화 배우의 밀랍 인형들이 진열된 박물관이 있었다. 그 모든 것들이 점점 더 〈푸른 연꽃〉의 이미지에서 벗어나는 것이었기 때문에 꾸뻬는 애초부터 좋은 기분이 아니었지만 점점 더 불쾌해지기 시작했다. 그는 역을 빠져나와 산의 더 높은 곳으로 난 길을 따라 걷기 시작했다. 마침내 그

는 홀로 산길을 걷고 있는 자신을 발견했다. 그를 둘러싼 산봉우리들은 매우 아름다웠다. 초록색 나뭇잎들은 뾰족뾰족하고, 누가 보더라도 중국의 산이었다. 숨이 차긴 했지만 기분이 훨씬 좋아지는 걸 느낄 수 있었다.

꾸뻬는 메모를 하기 위해 잠시 멈춰 섰다.

배움5_ 행복은 산속을 걷는 것이다.

그는 잠시 생각에 잠겼다가 '산속을'에 줄을 긋고 '알려지지 않은 아름다운 산속을'이라고 고쳐 적었다. 그때 길가에 세워져 있는 중국어로 쓰인 작은 표지판이 눈에 띄었다. 다행히 그 밑에 영어로 '츄린 사원'이라고 표기되어 있었다. 꾸뻬는 너무도 기뻤다. 사원 안에는 당연히 수도승들이 있게 마련이고, 어쩌면 그곳에서 창의 아버지를 닮은, 여러 가지 흥미진진한 것들을 알고 있는 노승이 꾸뻬에게 행복에 관한 이야기를 들려줄지도 모르기 때문이었다.

사원으로 가는 길은 갈수록 더 험했지만, 꾸뻬는 빨리 도착하고 싶은 마음에 피곤한 줄도 몰랐다. 가끔씩 산모퉁이를 돌아갈 때 멀찌감치 서 있는 그 사원을 흘깃 볼 수 있었다. 실로 경탄할 만한 곳이었다. 〈푸른 연꽃〉에 나오는 것과 똑같았다. 아름답게 물결치는 사원의 기와 지붕과 둥근 작은 창문들은 더없이 중국적이었다.

그는 입구에 있는 밧줄을 잡아당겼다. 그 순간 종소리가 울리

고, 한 수도승이 문을 열기 위해 다가왔다. 창의 아버지보다는 오히려 창을 닮은 젊은 승려였다. 삭발한 머리에 주황색의 커다란 승복을 입고 있었다. 그 젊은 승려는 유창한 영어로 꾸뻬에게 사원을 방문하는 것은 일주일에 단 하루만 가능하며, 오늘은 그날이 아니라고 설명했다. 꾸뻬는 크게 실망했다. 기분이 좋아지기 시작하자마자 금세 방해물이 나타난 것이다!

꾸뻬는 들어가게 해달라고 간청을 했다. 자신이 아주 먼 곳에서 왔으며, 정신과 의사이고, 왜 사람들이 행복해 하고 불행해 하는지 알고 싶어 그 이유를 찾고 있는 중이라고 설명했다. 그리고 여행 중이기 때문에 다음 주까지 방문 날짜를 기다리고 있을 수도 없다고 말했다. 젊은 수도승은 별로 감동받지 않은 얼굴이었다. 그는 무뚝뚝하게 기다리라고 말하고는 꾸뻬를 입구에 세워 둔 채 사라져 버렸다. 사원 입구의 작은 진열장에는 수도승들이 팔려고 만든 작은 조각상과 예쁜 컵받침 등의 물건들이 있었다. 꾸뻬는 클라라에게 선물하기 위해 그중 하나를 사야겠다고 생각했다.

그때 젊은 수도승이 창의 아버지만큼 늙은 노승과 함께 다시 나타났다. 꾸뻬는 너무도 기뻤다. 노승은 꾸뻬를 보자 미소를 지으며 말했다.

"어서 오시오. 보아하니 멀리서 온 분이시로군요."

그리고는 화통하게 웃었다. 그 웃음이 매우 인상적이었다.

노승은 꾸뻬를 사무실로 데리고 갔다. 꾸뻬는 의자가 없는 방 안에 무릎을 꿇고 작은 돗자리 위에 앉게 될 거라고 기대했다.

그런데 전혀 그렇지가 않았다. 노승의 사무실은 꾸뻬의 진료실과 매우 비슷했다. 그 안에는 진짜 책상과 의자, 많은 책들, 컴퓨터 한 대, 두 대의 전화기, 중국산 작은 조각상들이 있었으며, 더불어 창 밖으로 내다보이는 너무도 아름다운 산의 풍경이 함께 있었다.

꾸뻬는 자신이 그곳을 찾게 된 이유에 대해 설명했다. 그가 보기에 사람들은 진짜 불행한 일도 없이 점점 더 불행해져 가고 있으며, 정신과 의사로서 왜 사람들이 그렇게 불행감에 시달려야 하는지 알고 싶었다고. 노승은 주의 깊게 꾸뻬의 말에 귀를 기울였다. 그리고 자주 고개를 끄덕이며 웃음을 터뜨렸다. 꾸뻬는 그 노승도 자기처럼 다른 사람들의 일에 진심으로 관심이 많은 사람이라는 인상을 받았다.

꾸뻬는 노승에게 혹시 행복에 관해 지혜로운 말을 해줄 수 있느냐고 물었다.

노승이 말했다.

"첫번째 원인은 사람들이 행복을 목표라고 믿는 데 있소!"

그렇게 말하고 그는 다시 웃음을 터뜨렸다. 꾸뻬는 좀더 설명해 주길 바랐지만, 노승은 자세한 설명 없이 말하는 것을 좋아했다. 꾸뻬의 나라에서는 점점 더 많은 사람들이 이 노승과 같은 종교를 따르기 시작하고 있었다. 물론 그것을 '종교'라고 말할 수 있을지는 모르지만, 사람들은 그것이 자신들을 더 행복하게 해줄 것이라고 믿고 있었다. 하지만 꾸뻬의 나라 사람들이 노승의 종교를 진정으로 이해하기란 어려우며, 그들 나라에 있는 노

승의 종교는 그곳 사람들이 자신들의 방법에 알맞게 적용시킨 것일 뿐이었다. 그건 마치 꾸뻬가 사는 도시의 중국 식당에서는 진짜 중국 요리를 맛볼 수 없는 것과 비슷했다.

꾸뻬의 설명에 노승은 고개를 끄덕이며 또다시 웃었다. 그러면서 노승은 그것이 그리 중요한 문제는 아니라고 말했다. 그런 종교적인 수행이 사람들의 불안을 덜어 주고 서로에게 더 친절하게 대하는 데 도움을 줄 수 있기 때문이라는 것이었다. 어쨌든 꾸뻬는 이 종교가 노승에게는 매우 잘 맞는 것이라는 생각이 들었다. 왜냐하면 그토록 만족스러워 보이고 그토록 자주 웃는 사람을 한 번도 본 적이 없었기 때문이다. 그 웃음은 결코 비웃음이 아니었다. 노승은 나이가 매우 많아 보였는데, 그의 삶이 언제나 즐거웠던 것은 아님이 분명했다.

꾸뻬는 지나간 시대를 떠올렸다. 그 시대의 중국 본토를 통치했던 자는 수도승들이 세상에 아무런 쓸모가 없다고 여겼고, 그래서 말하기조차 끔찍한 비극적인 사건이 사원들을 휩쓸고 지나갔다. 이 노승 역시 중국 본토에서 온 사람이었다. 그렇기 때문에 그 모든 사건들을 틀림없이 잘 알고, 또 직접 겪은 장본인이었다. 그 모든 불행한 일들을 겪고도 이렇게 자주 웃음을 짓기란 쉬운 일이 아니었다. 하지만 그런 것들이 노승의 진정한 행복을 방해하지는 않는 것 같았다.

꾸뻬는 노승이 알고 있는 행복의 비밀을 자신에게 알려 주기를 바랐다.

노승은 미소짓는 얼굴로 꾸뻬를 바라보며 말했다.

"당신이 행복에 대한 배움을 얻기 위해 여행을 나선 것은 매우 좋은 생각이오. 여행을 마치거든 나를 만나러 다시 이곳으로 오시오."

그리고는 또 웃음을 터뜨렸다.

모두가 보는 것과 아무도 생각하지 않는 것

저녁에 꾸뻬는 함께 저녁을 먹기 위해 뱅쌍의 사무실이 있는 건물로 가고 있었다. 일요일이었지만 다음날까지 제출해야 할 과제 때문에 뱅쌍은 사무실에 남아 일을 하고 있었다. 그는 아주 중요한 한 인사에게 기업 합병이 어떻게 이루어지는가를 설명해 줘야만 했고, 다른 은행의 다른 뱅쌍이 그 중요 인사에게 같은 것을 설명해 주기 전에 자기가 먼저 하길 원했다. 그리고 그 일은 그 중요 인사 자신에게도 매우 중요한 일이었다. 그는 그 기업 합병을 원하는 또 다른 중요 인사보다 더 빨리 그 일에 대해 알고 싶어했다.

꾸뻬는 사업이란 항상 달리기 시합을 하는 것과 비슷하다고 생각했다. 정신과 의사라는 직업은 그렇지 않았다. 정신과 의사가 하는 일이란 단지 환자들이 너무 오래 이야기하지 않도록 적절히 이야기를 끊는 일이었다. 그렇게 하지 않으면 다음 환자들의 진료가 늦어질 것이고, 또 그렇게 되면 그 환자들은 기분이 나빠져서 더 불행해질 것이기 때문이다.

뱅쌍의 사무실은 바닷가 근처에 있는 높은 현대식 빌딩 사이에 위치해 있었다. 바닷가라고는 하지만 그곳에 해변은 없었다. 큰 배들이 있는 부두와 새 건물을 짓는 건설 현장뿐이었다. 꾸뻬

가 걸어가고 있는 구름다리 아래로 자동차들이 지나가고 있었다. 자동차에 치일 염려 없이 큰 두 건물 사이를 걸을 수 있어 무척 편리했다. 마침내 그는 뱅쌍의 빌딩 앞에 이르렀다. 건물은 아름답고 광택이 났으며, 꼭 거대한 면도날 같았다. 너무 일찍 도착했기 때문에 꾸뻬는 차 한잔을 마셔야겠다고 생각했다. 마침 그곳에 큰 통유리로 된 커다란 찻집이 하나 있었다.

그곳의 여종업원은 그다지 예쁘지 않았는데, 오히려 그것이 꾸뻬의 마음을 편안하게 했다. 아름다움이란 때로 피곤한 것이기 때문이다. 게다가 여성들의 아름다움에 너무 예민한 것이 꾸뻬의 작은 약점이기도 했다. 자신만이 그것 때문에 고통받는 게 아니라는 걸 알면서도 그는 언젠가는 그것을 초월할 수 있게 되기를 원했다. 어쩌면 그것이 진정한 행복에 이르는 길일 수도 있었다. 꾸뻬는 뱅쌍에게 전화를 걸었다. 뱅쌍은 친구의 목소리를 듣게 되어 기쁜 것 같았다. 하지만 아직 일이 끝나지 않은 상태였다. 뱅쌍은 꾸뻬에게 자신이 갈 때까지 찻집에서 기다리라고 말했다.

꾸뻬는 창 밖으로 빌딩 입구를 바라보며 차를 마셨다. 그때 한 가지 흥미 있는 풍경이 다시 눈에 들어왔다. 조금 전 뱅쌍의 사무실 건물 쪽으로 걸어오면서도 그것이 눈길을 끌었었다. 작은 중국 여자들 여러 명이 땅바닥에 천으로 된 커다란 돗자리를 펼쳐 놓고 그 위에 앉아 있었다. 그녀들은 무리 지어 앉아 있었는데, 마치 소풍 나온 학생들 같았다.

좀더 자세히 보니 그들이 중국 여자가 아니라는 걸 알 수 있었

다. 모두 체구가 작고 조금 마른 듯했으며, 피부는 햇볕에 잘 그을려 있었다. 그들은 무척 즐겁고 행복해 보였다. 끊임없이 이야기하고 자주 웃었다. 꾸뻬는 그 지역에 도착한 뒤 그런 비슷한 무리들을 많이 지나쳤었다. 그들은 천 돗자리를 빌딩 입구에 있는, 햇빛을 피할 수 있는 구름다리 아래 펼쳐 놓고 앉아 있었다. 꾸뻬는 그들이 새로운 종교 수행을 하기 위해 모임을 갖는 것이라고 생각했다. 문득 그 종교에 대해 호기심이 생겼다. 그것은 아마 그 노승의 종교와 같은 것일지도 모른다는 생각이 들었다. 그녀들도 그 노승처럼 자주 웃었기 때문이다.

빌딩에서 나오는 사람들을 바라보면서 꾸뻬는 뱅쌍이 오는지 살폈다. 빌딩에서 나오는 사람들 대부분이 중국인들이었는데, 그들은 뱅쌍이 주말에 입는 것과 같은 옷차림을 하고 있었다. 세련된 폴로 셔츠와 놀러 갈 때 신는 운동화 차림이었다. 이런 것이 세계화라는 것이었다. 그들의 걸음걸이만으로도 꾸뻬는 그들이 뱅쌍이 다닌 것과 같은 대학에 다녔으며, 그곳에서 부자가 되는 공부를 했을 것이라고 짐작할 수 있었다. 꾸뻬가 정신과 의사라는 사실을 잊으면 안 된다. 그는 사람들을 바라보는 것만으로도 그들이 어떤 학교를 다녔으며, 그들의 할아버지가 나비 수집가였는지 아닌지를 충분히 알 수 있었다.

그곳에는 뱅쌍과 같은 서양 사람들도 있었다. 꾸뻬는 그들의 외모만을 보고 그들이 어느 나라에서 왔는지 추측할 수 있었다. 물론 틀릴 때도 있었지만 그렇다고 그걸 확인할 길도 없었다. 뱅쌍의 동료들이 빌딩을 빠져 나오고 있었다. 그들은 즐거워 보이

지 않았고 피곤해 보였다. 어떤 사람들은 큰 걱정거리라도 있는 것처럼 땅바닥에 고개를 떨군 채 걷고 있었다. 서로 이야기하며 무리 지어 나오는 그들의 얼굴은 무척이나 심각해 보였다. 어찌 보면 서로에게 화가 나 있는 듯도 했다. 어떤 사람들은 마치 자신들의 머릿속을 골똘히 들여다보고 있는 것처럼 매우 근심에 찬 표정이었다. 그들을 위해 약처방을 조금 해주고 싶은 마음이 들 정도였다. 이 찻집은 영어만 조금 할 줄 안다면 정신과 의사가 자리잡기에 더없이 좋은 장소였다.

마침내 뱅쌍이 나오는 것이 보였다. 그의 모습을 보자 꾸뻬는 무척 반가웠다. 외국에서 친구를 만나는 것은 자기 나라에서 친구를 만나는 것보다 더 기쁜 일이기 때문이다. 뱅쌍 역시 꾸뻬를 만나는 것이 기쁜 것 같았다. 그는 그것을 축하하기 위해 당장 맥주를 시켰다. 꾸뻬는 뱅쌍에게 빌딩을 나오는 직장 동료들 중 그가 가장 기분이 좋아 보인다고 말했다. 뱅쌍은 그 이유가 꾸뻬를 만나는 것이 기쁘기 때문이라고 설명했다. 만일 다른 날 꾸뻬가 그를 보았다면, 당장 정신병원으로 보냈을 것이라면서 뱅쌍은 웃었다. 그리고 지난 몇 주 전부터 시장 경기가 좋지 않아서 동료들이 그렇게 기운이 없는 것이라고 뱅쌍은 설명했다.

꾸뻬가 물었다.

"그들이 파산할 위험성도 있는 거야?"

뱅쌍이 말했다.

"그건 아니고, 보너스를 조금밖에 받지 못하거나 은행이 돛을 내리면 쫓겨날 수도 있지. 그렇지만 이 직종 사람들은 언제나 다

른 일자리를 구할 수 있어. 그들이 다른 일자리를 원한다면 말야."

꾸뻬는 그 일자리들이 있는 다른 곳이란, 거대한 면도날 같은 모양의 빌딩들과 호텔들이 서 있는 세상의 또 다른 도시들일 것이라고 생각했다. 그는 뱅쌍에게 어디서나 천 돗자리를 깔고 무리 지어 앉아 있는 작은 체구의 여자들 모임에 대해 물었다. 뱅쌍은 그들이 가정부로 일을 하며, 같은 나라에서 왔고, 모두 중국에서 멀리 떨어진 매우 가난한 작은 섬나라 출신이라고 설명했다. 그들은 고향에 있는 가족들에게 돈을 보내기 위해 그 도시에서, 그리고 세상의 다른 많은 도시들에서 일을 하고 있었다.

꾸뻬가 물었다.

"그런데 왜 여기에 모여 있는 거지? 천으로 만들어진 돗자리 위에 앉아 뭘 하고 있지?"

뱅쌍이 대답했다.

"왜냐하면 그들은 달리 갈 곳이 없거든."

그날이 일요일이고 쉬는 날이기 때문에, 그들은 주인 집에 있을 수 없을 뿐 아니라 카페에 갈 돈도 없어서, 그렇게 땅바닥에 돗자리를 깔아 놓고 여럿이 함께 모인다는 것이었다. 그들 나라에는 많은 섬들이 있기 때문에 그들은 섬별로 마을별로 자주 그룹을 만든다고 뱅쌍은 설명했다. 그리고 그것은 마치 천 돗자리들이 돈이 많은 빌딩들 사이에 가난한 섬들의 지도를 그리는 것과 비슷하다고 덧붙였다.

꾸뻬는 카페조차 갈 능력이 없는데도 활짝 웃고 있는 그 작은

여자들을 바라보았다. 그리고 조금 전 매우 심각한 얼굴로 빌딩을 걸어나오던 뱅쌍의 동료들을 떠올렸다. 꾸뻬는 세상은 너무도 경이롭거나 아니면 너무도 불가사의한 장소라는 생각이 들었다. 하지만 그걸 설명한다는 것은 어려운 일이었다.

찻집을 나왔을 때, 꾸뻬는 돗자리 위에 앉아 웃고 있는 여자들과 이야기를 나누고 싶어졌다. 그것이 행복에 대한 설문 조사의 중요한 부분이 될 것 같았기 때문이다. 그가 한 무리의 여자들을 향해 다가가자, 그들은 그를 바라보며 갑자기 웃음을 멈추고 침묵했다. 아마 꾸뻬가 그들에게 다른 곳으로 가라고 명령할 걸로 여긴 듯했다. 그러나 꾸뻬가 나쁜 사람이 아님을 알아차리고 영어로 이야기하며 다시 웃기 시작했다.

꾸뻬는 자신이 얼마 전부터 지켜보고 있었는데 그들이 매우 행복해 보인다고 말하고, 그 이유를 알고 싶다고 말했다. 그들은 밝은 미소를 머금은 채 서로를 바라보더니 이렇게 대답했다.

"왜냐하면 오늘은 우리가 쉬는 날이거든요!"

그러자 또 다른 사람이 말했다.

"우리가 행복한 건 친구와 함께 있기 때문이에요."

다른 사람들도 일제히 말했다.

"네, 바로 그거예요."

꾸뻬는 그들에게 종교가 무엇이냐고 물었다. 그런데 놀랍게도 그들은 꾸뻬와 똑같은 종교를 갖고 있었다. 오래전 꾸뻬의 종교를 가진 사람들이 그들의 작은 섬을 점령해 통치했던 것이다. 그 시대의 서양인들은 모든 것이 자신들의 것이라고 생각하는 나쁜

경향이 있었다. 꾸뻬에게 손을 흔들며 웃는 얼굴로 작별 인사를 하는 걸 보니 그들은 그런 불행한 역사 때문에 꾸뻬를 미워하는 것 같지는 않았다. 아무것도 가진 것 없이도 행복할 줄 아는 사람들이었다.

배움1_ 행복의 첫번째 비밀은 자신을 다른 사람과 비교하지 않는 것이다.

배움2_ 행복은 때때로 뜻밖에 찾아온다.

배움3_ 많은 사람들은 자신의 행복이 오직 미래에만 있다고 생각한다.

배움4_ 많은 사람들은 더 큰 부자가 되고 더 중요한 사람이 되는 것이 행복이라고 생각한다.

배움5_ 행복은 알려지지 않은 아름다운 산속을 걷는 것이다.

꾸뻬는 자신의 여행 수첩에 적어 놓은 것을 읽어 보았다. 몇 가지 흥미 있는 요소들이 그 안에 있긴 하지만, 그렇다고 아주 만족스럽지도 않았다. 아직은 진정한 행복론이라고 하기에는 많이 부족했다. 이론이란 위대한 사람들이 만들어 내는 것이며, 그것은 사물들이 되어가는 이치를 설명한다. 사람들은 또 다른 누

군가가 그것보다 나은 이론을 발견할 때까지 그것이 진리라고 믿는다.

그때 문득 꾸뻬에게 좋은 생각 하나가 떠올랐다. 여행의 마지막에 이르러 자신의 목록을 행복에 관한 전문가인 어느 유명한 학자에게 보여 주는 일이었다. 꾸뻬의 여자 친구 하나가 전세계에서 정신과 의사가 가장 많은 나라에 살고 있었는데, 그녀가 그런 학자를 한 명 알고 있었다.

꾸뻬는 테이블 위에 작고 네모난 냅킨들과 촛불이 놓인 이탈리아 식당 안에 앉아 있었다. 식당 주인과 그의 부인은 정말로 이탈리아에서 온 사람들 같아 보였다. 실제로 그들은 시칠리아 출신들이었다. 그들이 그 사실을 꾸뻬에게 말했다. 꾸뻬가 사람들에게 관심이 많다는 것을 그들도 알아차린 것이다. 꾸뻬는 음식부터 주문하고 싶었지만, 그들은 꾸뻬에게 자신들이 살아온 내력에 대해 이야기하기 시작했다.

그 식당은 아직 옛 골목길과 오래된 집들이 남아 있는 비탈진 지역에 위치해 있었다. 꾸뻬는 그런 풍경이 마음에 들어 그곳을 찾아온 것이다. 꾸뻬는 노승을 만난 일을 기억하고 다음과 같이 적었다.

배움6_ 행복을 목표로 여기는 것은 잘못된 생각이다.

그 말을 잘 이해할 순 없었지만, 매우 흥미 있게 느껴졌다. 여행의 마지막에 그 노승을 다시 찾아가리라고 꾸뻬는 다짐했다.

그리고 천 돗자리에 앉아 행복하게 웃고 있던 작은 여자들을 떠올렸다.

배움7_ 행복은 좋아하는 사람과 함께 있는 것이다.

그것을 적을 때 꾸뻬는 자신의 심장이 평소보다 조금 더 강하게 뛰는 것을 느꼈다. 왜냐하면, 이미 눈치챘을지 모르지만, 꾸뻬는 지금 잉리를 기다리고 있었던 것이다.

꾸뻬가 잉리를 다시 만나고 싶다고 말하자, 뱅쌍은 고개를 저었다. 오늘은 그럴 수가 없는데, 일요일에는 그들이 만났던 아름다운 중국 여자들로 가득 찬 가게가 문을 닫기 때문이라는 것이었다. 꾸뻬는 일을 하고 있는 그녀를 보고 싶은 것이 아니라고 말했다. 잉리를 저녁 식사에 초대하고 싶었던 것이다. 그녀가 자신의 전화번호를 남겼기 때문에 충분히 가능한 일이었다.

그러자 뱅쌍은 심각한 표정으로 꾸뻬를 쳐다보며 말했다.

"가엾은 친구!"

그 말에 꾸뻬는 약간 화가 났다. 뱅쌍이 생각하는 것처럼 자신은 얼간이가 아니었다. 잉리가 어떻게 해서 돈을 버는지 그는 잘 알고 있었다. 뱅쌍은 꾸뻬에게 얼간이라고 생각하는 것이 아니라, 그가 보기에 꾸뻬가 잉리와 사랑에 빠진 것 같으며, 바로 그것이 얼간이가 되는 지름길이라고 설명했다. 그는 꾸뻬가 걱정이 되었던 것이다. 꾸뻬는 뱅쌍이 언제나 좋은 친구였다는 사실을 생각하고는 입을 다물었다. 뱅쌍은 한 걸음 더 나아가, 꾸뻬

가 아무리 잉리를 다시 보고 싶어한다 해도 그건 그녀를 사랑해 서가 아니라고 지적했다.

꾸뻬는 뱅쌍에게 중국인 애인이 있었느냐고 물었다. 뱅쌍은 아니라고 고개를 저으며, 누구도 진정한 애인이 될 수 없었다고 말했다. 그러나 꾸뻬는 그가 진실을 말하고 있는 것이 아니란 걸 알았다. 꾸뻬가 정신과 의사라는 사실을 잊어서는 안 된다. 꾸뻬 는 그것에 대해 더 이상 묻지 않았지만, 뱅쌍이 스스로 그 일에 대해 더 말해 주기를 기대했다. 그러나 뱅쌍은 자신의 이야기를 하고 싶은 마음이 없어 보였다. 그는 한숨을 내쉬며 결론지었다.

"이곳의 문제는, 여자들이 널 진심으로 좋아하는지, 아니면 너 의 여권을 좋아하는지 네가 알지 못한다는 거야."

헤어지면서 뱅쌍은 이렇게 덧붙였다.

"난 그런 질문을 스스로에게 던지기에는 나이가 너무 많지만, 대답을 회피하기엔 아직 젊어."

그렇게 말하는 것으로 보아, 꾸뻬는 그가 한때 이곳 여성과 사 랑을 했지만, 그것이 별로 오래 지속되지 않았음을 알았다.

그리고 지금, 꾸뻬는 혼자 이탈리아 식당에 앉아 잉리를 기다 리고 있었다. 그가 전화를 했을 때 잉리는 약간 놀란 듯했지만, 곧 그의 초대를 받아들였다. 지금 그는 기다리고 있고, 그녀는 약속 시간에서 늦어지고 있었다. 과연 그녀가 올 것인가 그는 스 스로에게 물었다. 인내심을 갖고 기다리기 위해 와인 한 병을 주 문하면서, 꾸뻬는 이렇게 마냥 기다리면서 와인을 마시다가는 자신도 결국 뱅쌍과 비슷한 처지가 될 것이라고 생각했다.

그 순간 꾸뻬는 잉리가 레스토랑 입구에 서 있는 것을 보았다. 그녀의 머리가 비에 약간 젖어 있었고, 언제나처럼 매우 아름다웠다. 그는 앉아 있던 의자를 쓰러뜨리며 자리에서 일어났다. 카운터 뒤에 있던 종업원들이 겉옷을 받기 위해 앞다퉈 그녀에게로 달려갔다. 마침내 잉리는 꾸뻬의 맞은편 자리에 앉았고, 두 사람은 이야기를 하기 시작했다. 잉리는 처음 만났던 날과는 조금 다른 모습이었다. 수줍어 보이고, 꾸뻬를 쳐다볼 용기가 없거나 실수를 하게 될까 봐 조심하는 듯했다.

꾸뻬가 먼저 그녀에게 자신의 삶과, 그가 일하는 도시가 어떤 곳인지에 대해 말하기 시작했다. 잉리는 그의 이야기를 들으며, 자신은 그 도시가 좋다고 말했다. 그곳에서 자신이 좋아하는 것들을 만들기 때문이라는 것이었다. 꾸뻬는 그녀가 차고 있는 손목시계와 벨트, 핸드백 등이 비록 잉리가 자신의 나라에서 샀다 하더라도, 사실상 그의 나라에서 만들어진 것이라는 걸 발견했다. 이것 역시 세계화의 하나라고 생각했다. 잉리가 이 값비싼 것들을 사기 위해 어떻게 돈을 버는지 떠올리고는, 꾸뻬는 세계화라는 것이 정말로 좋은 것인지 자문하지 않을 수 없었다.

이번에는 잉리가 자신에 대해 말하기 시작했다. 그것은 그녀에게 결코 쉬운 일이 아니었다. 왜냐하면 그들의 대화에 있어 피해야 할 한 가지 주제가 있었는데, 그것은 다름 아닌 그녀의 직업에 관한 것이었다. 그래서 그녀는 자신의 가족에 대해 이야기하기 시작했다. 그녀의 아버지는 일찍이 대학교수였으며, 중국 역사의 전문가였다. 그러나 그녀가 아직 어린아이였을 때, 중국

을 지배하던 통치자는 그와 같은 교수들이 쓸모 없고 해로운 존재라 여겨 그를 가족과 함께 중국의 마지막 변방인 아주 먼 곳으로 추방시켰다. 그곳 사람들은 모두 강제 농장에서 일을 해야만 했다. 그 시대에는 중국을 지배하는 통치자 말고는 아무도 책을 읽을 권리를 가질 수가 없었다.

그 결과 잉리의 여동생들은 학교를 다니지 못했다. 쓸모 없고 해로운 자의 자식들은 학교에 다닐 권리를 박탈당한 채 땅을 일구며 살아가야만 했다. 어렸을 때 잉리는 학교에서 가르치는 것들을 아버지에게서 조금이나마 배울 수가 있었는데, 그때 그녀의 아버지가 세상을 떠났다. 집단 농장에서 일을 한다는 것이 그에게는 너무 힘에 부쳤던 것이다. 그래서 그녀는 공부를 많이 할 수가 없었다. 그런 이유로 그녀의 여동생들은 한 번도 학교에 다니지 못했고, 오직 비비엥의 공장 같은 곳에서 직공으로 일할 수밖에 없었다. 잉리는 잠시 말을 멈추었다. 그녀가 왜 여동생들처럼 공장 직공이 되지 않았는가를 설명해야만 했기 때문이다. 잉리로서는 자신의 이야기를 하는 것이 쉬운 일이 아니었다.

계속되는 꾸뻬 씨의 행복 여행

꾸뻬는 슬픈 마음으로 비행기 안에 앉아 있었다. 창을 통해
바다가 내려다보였다. 하지만 어찌나 멀리 있는지 마치 비행기
가 앞으로 나아가지 않고 공중에 정지해 있는 듯한 느낌이 들었
다. 작은 수첩을 꺼냈지만, 더 이상 무엇을 적어야 할지 생각이
나지 않았다.

옆좌석에는 엄마와 아기가 앉아 있었다. 꾸뻬는 그녀가 아기
의 친엄마가 아니라는 것을 곧 깨달았다. 아기는 인형처럼 금발
에 파란 눈을 하고 있는데, 아기를 안고 있는 여자는 천 돗자리
위에 모여 있던 작은 동양 여자들과 비슷했기 때문이다. 하지만

그녀는 친엄마처럼 아기를 잘 돌보았다. 아기를 안아서 흔들어 주고 이야기를 해주는 등 진심으로 사랑하는 것 같았다.

꾸뻬는 마음이 슬펐다. 정든 장소를 떠나야만 했기 때문이다. 하지만 그 도시는 일주일 전만 해도 그가 전혀 알지 못하던 곳이었다. 공항까지 배웅 나온 뱅쌍 역시 슬퍼 보였다. 꾸뻬가 자신을 찾아와 주어 그는 얼마나 기뻐했던가! 이 도시에는 뱅쌍과 함께 술을 마시러 갈 친구들로 가득하고 그의 귓가에 대고 말하는 예쁜 중국 여자들도 있었지만, 그들은 꾸뻬처럼 진정한 친구는 아닌 듯했다.

꾸뻬는 또 잉리를 생각했다. 레스토랑 안에서 그녀가 자신의 가족에 대해 이야기하고, 그 다음에 꾸뻬가 자기 가족에 대해 말하고 난 뒤, 그들 사이에는 짧은 침묵이 감돌았다. 그때 잉리가 그에게 말했다.

"당신은 참 친절해요."

그 말을 듣고 꾸뻬는 약간 놀랐다. 자신이 친절하기는 하지만, 그 말을 통해 잉리가 말하고 싶은 것이 무엇인지 궁금했다. 그녀는 눈을 감은 채 이렇게 덧붙였다.

"난 이런 것에 익숙하지가 않아요."

순간 꾸뻬는 자신의 심장에 작은 일격이 가해지는 것을 느꼈다. 그들이 자리에서 일어서자 남자 종업원들은 잉리에게 겉옷을 걸쳐 주기 위해 서로를 밀치며 달려왔다.

잠시 후 두 사람은 경사진 작은 도로를 걸어내려갔다. 꾸뻬는 그녀를 호텔로 데리고 가고 싶었지만, 마음속에서 거부감이 일

었다. 다른 남자들이 그녀에게 하는 것과 조금도 다를 바 없는 행동이라는 생각이 들었기 때문이다. 그녀 역시 마음은 그와 함께 있고 싶어하면서도 조금 부자유스러워하는 걸 느낄 수가 있었다.

그래서 그들은 우연히 찾아낸 바 안으로 들어갔다. 그곳은 분위기가 조금 이상한 곳이었다. 안에는 사람들이 여럿 있었는데, 서로를 잘 알고 있는 듯했고, 다 함께 노래를 불렀다. 노래는 최근에 큰 성공을 거둔 중국 영화에 나온 주제가였다. 그 중국인들은 서로의 잔을 채워 주며 웃고 노래했다. 꾸뻬가 사는 나라의 사람들과 비슷했다. 비비엥이 비행기 안에서 한 말이 떠올랐다. 근본적인 면에서는 중국인이든 서양인이든 다 닮았다고 그는 말했다.

즐거운 분위기 덕분에 잉리는 웃음을 되찾았다. 기분이 나아진 그녀를 보면서 꾸뻬도 기분이 좋았다. 웃고 있는 잉리를 바라보니, 몸에 걸치고 있는 값비싼 물건들에도 불구하고 그녀가 무척 어리다는 것을 알게 되었다. 하지만 둘이서 바에 들어간 것은 그다지 좋은 생각이 아니라는 것이 밝혀졌다.

그들이 밖으로 나왔을 때 커다란 자동차 한 대가 그들을 막아섰다. 지난밤 마이크가 달린 작은 줄을 귀 뒤로 늘어뜨리고 있던 덩치 큰 중국 남자가 차에서 내렸다. 그리고 그다지 젊지 않은 중국 여인이 뒤따라 내렸다. 그녀는 달갑지 않은 표정으로 잉리를 노려보았다.

그 큰 중국 남자는 꾸뻬를 쳐다보지도 않은 채 잉리에게 말을

했다. 잉리는 불안한 표정으로 그에게 대답을 했다. 그들이 중국어로 말했기 때문에 꾸뻬는 그들이 하는 말을 이해할 수 없었다. 하지만 그 남자가 잉리에게 불친절한 목소리로 윽박지르듯 질문을 하고 있고, 그녀는 대답할 말을 찾지 못해 난처해 하고 있음을 눈치챌 수 있었다. 그래서 꾸뻬는 일부러 바보처럼 생긴 그 중국 남자에게 영어로 물었다.

"내가 돈을 지불해야 하는 사람이 바로 당신입니까?"

그 남자는 약간 놀라며 더 이상 잉리를 다그치지 않았다. 그는 잉리에게 미소를 지어 보였지만, 다정한 미소가 아니었다. 그는 아니라고 대답하고는, 오늘부터 그녀는 꾸뻬의 것이 아니라고 잘라 말했다. 그리고 나서 그는 그 중년 여성과 함께 차에 올라탔고, 심하게 액셀을 밟으며 그곳을 떠났다. 하지만 꾸뻬는 그들이 떠나는 것을 볼 수가 없었다. 잉리가 자신의 팔에 안겨 울고 있었기 때문이다.

그런 일이 있고 나자 택시를 타고 그녀를 호텔로 데려가는 것이 훨씬 쉬웠다. 울고 있는 여자와 그녀를 위로하는 남자는 더 이상 잉리의 직업과는 상관없는 것이었고, 오히려 꾸뻬의 직업에 가까웠다. 방 안에서 잉리는 울음을 멈추었다. 두 사람은 불을 켜지도 않은 채 침대에 누웠다. 그러나 방은 창문으로 비쳐드는 도시의 불빛들로 희미하게 밝혀져 있었고, 잉리는 꾸뻬의 팔 안에서 움직이지 않았다.

다음날 아침 꾸뻬가 잠에서 깨어났을 때, 잉리는 아무 말도 남기지 않은 채 떠나고 없었다. 꾸뻬는 그 큰 중국인 남자가 생각

났기 때문에 잉리에게 돈을 주고 싶어했지만, 잉리는 혼자서 해결하기를 원했다.

꾸뻬는 당장에 뱅쌍과 이야기를 하고 싶었다. 그래서 그들은 높은 빌딩의 스카이 라운지에 있는 카페에서 다시 만났다. 월요일이라서 그곳은 많은 사람들로 붐볐다. 뱅쌍은 마치 꾸뻬가 환자들의 이야기에 귀를 기울일 때처럼 진지하게 꾸뻬의 말을 들었다. 그리고 나서 말했다.

"그들이 그녀를 어떻게 하진 않을 거야. 그녀는 값이 굉장히 비싸거든. 내가 그 중국 남자를 아니까 그 일은 내가 정리할게. 하지만 다시 만날 생각을 하는 건 그녀와 널 위해서 좋은 일이 아니라고 생각해."

꾸뻬는 그 말에 동의하지 않을 수 없었다. 뱅쌍이 또다시 탄식하듯 말했다.

"가엾은 친구!"

그리고 지금 비행기 안에서, 꾸뻬는 자신의 수첩에 어떤 것을 적을지 찾지 못하고 있었다. 조금 전부터 옆좌석의 아기가 꾸뻬를 쳐다보면서 작은 두 팔을 그에게로 뻗고 있었다. 아기와 유모는 함께 미소지었다. 꾸뻬도 그들에게 미소를 지었다. 그러자 슬픈 기분이 좀 가라앉는 듯했다. 그때 키가 큰 금발 부인이 그들 옆 복도에 도착했다. 꾸뻬는 그녀가 아기의 엄마라는 걸 알 수 있었다. 그녀는 남편과 함께 비즈니스 클래스로 여행을 하고 있는 게 틀림없었다. 그녀가 유모에게 물었다.

"별일 없죠?"

그리고 다시 자기 자리로 돌아갔다. 그러자 아기는 얼굴을 찌푸리더니 울음을 터뜨렸다. 꾸뻬는 다시 수첩을 펼쳐 이렇게 적었다.

배움8_ 불행은 사랑하는 사람과 헤어지는 것이다.

부자 나라에서 일하는 가난한 나라의 정신과 의사

꾸뻬는 또 다른 비행기 안에 있었다. 이 비행기는 지금까지 그가 탔던 다른 비행기들과는 조금 달랐다. 이 비행기를 타기 전에 그는 또 다른 비행기를 두 번이나 탔었다. 하지만 그 여행에 대한 이야기는 하지 않겠다. 왜냐하면 잉리에 대한 생각을 제외하고는 별다른 일이 일어나지 않았기 때문이다.

먼저 이 비행기는 흑인 신사와 부인들로 가득했다. 꾸뻬가 이 비행기 안에서 거의 유일한 백인이었다. 그 많은 흑인 신사와 부인들은 모두 옷을 잘 차려입고 있었다. 그러나 또 한편으로 보면 시골에 있는 꾸뻬의 조부모가 미사에 참석할 때 입는 옷처럼 약간 유행에 뒤떨어져 보이기도 했다. 부인들은 커다란 꽃이 그려진 원피스를 입고 있었고, 신사들은 약간 큰 오래된 정장을 입고 있었다.

하지만 정작 꾸뻬에게 시골 생각을 불러일으킨 것은 그들의 옷차림이 아니라 그들이 들고 있는 커다란 장바구니와, 살아 있는 닭과 오리들이 들어 있는 새장이었다! 그 동물들은 약간 시끄러웠지만, 오히려 그 소리가 비행기가 내는 소음을 잠시 잊게 해 줘 그다지 나쁘지만은 않았다.

이런 풍경은 꾸뻬를 과거의 시간 속으로 거슬러 올라가게 했

다. 꾸뻬는 자기를 만나러 지방에서 비행기를 타고 오곤 하시던 부모님이 생각났다. 부모님은 비행기 타는 걸 몹시 무서워했는데, 이 비행기를 타고 가면서 꾸뻬는 부모님을 더 잘 이해할 수 있게 되었다. 그러나 다른 관점으로 볼 때, 비행기가 오래 되었다는 것은 그동안 한 번도 떨어진 적이 없다는 것이었다. 그러므로 그건 오히려 안전하다는 걸 말해 주는 셈이었다.

옆좌석에는 한 흑인 엄마가 역시 흑인인 아기를 데리고 있었다. 그녀는 유모가 아니고 진짜 엄마였다. 그녀는 책을 읽으면서 내내 아이를 품에 안고 조용히 흔들고 있었다. 아기는 자기 엄마의 책을 살펴보는 꾸뻬를 쳐다보았다. 엄마라고는 하지만 그녀는 꽤 젊었다. 꾸뻬와 비슷한 나이인 것 같았다. 그런데 뜻밖에도 그녀가 읽고 있는 책은 다름아닌 정신의학에 관한 책이었다. 그녀 역시 정신과 의사였던 것이다!

그런 식으로 실로 우연히 직업상의 동료를 만나게 된 것에 대해 두 사람 모두 웃음을 터뜨렸다. 그녀의 이름은 마리 루이즈였다. 그녀는 지금 자신의 나라로 휴가를 오는 중이었다. 왜냐하면 그녀는 조금 전 그들이 떠나온, 세계에서 정신과 의사가 가장 많은 나라에서 일을 하고 있었기 때문이다.

꾸뻬는 왜 그녀가 자기 나라에 남아 일을 하지 않는가 물어볼 엄두가 나지 않았다. 그 질문은 꾸뻬가 비비엥에게 왜 공장을 자기 나라에다 짓지 않느냐고 한 질문과 다를 바 없었다.

그러나 그녀는 곧 그 이유를 설명했다.

"난 내 아이들이 정상적인 삶을 살기를 바라거든요."

그녀에겐 집에 남아 있는 두 명의 더 큰 아이들이 있었다. 꾸뻬는 그녀가 말하는 정상적인 삶이 무엇인지 물었다. 두 사람 다 정신과 의사이기 때문에 질문하는 건 어렵지 않았다.

마리 루이즈가 대답했다.

"예를 들어, 난 내 아이들이 운전사나 경호원 없이도 학교에 다닐 수 있기를 바란다는 거죠."

꾸뻬는 자신에 대해 잠깐 생각을 했지만, 그녀의 말대로 그것이 정상적인 삶이 아니라는 데 동의했다. 어렸을 때 그는 운전사나 경호원과 함께 학교에 오는 친구들을 무척 부럽게 여겼었다. 하지만 엄마들은 당연히 그렇게 생각하지 않는 것이다.

얼마 후 비행기는 전쟁 다큐멘터리에 나오는 구식 폭격기가 내려꽂히는 듯한 굉음을 내며 심하게 옆으로 기울기 시작했다. 흥분한 닭과 오리들만 빼고는 승객들 모두가 말을 멈췄다. 다행히 그것은 오랫동안 지속되지는 않았다. 비행기는 심한 진동과 함께 동체를 거의 정상적인 위치로 돌려 놓으며 활주로에 착륙했다. 꾸뻬는 사람들이 모두 복도에 서 있을 때에야 겨우 마음을 놓을 수 있었다. 마리 루이즈는 자기 집에 한번 들르라고 말하며, 그의 수첩에 주소를 적어 주었다.

비행기 출입구에 다다랐을 때 꾸뻬는 고기가 잘 익었는지 보기 위해 뜨거운 오븐 뚜껑을 여는 것과 같은 느낌을 받았다. 뜨겁게 달아오른 열기가 후끈 얼굴로 밀려왔다. 태양이 인정사정 없이 대지를 달구고 있었다. 공항 주위에는 불에 탄 것처럼 보이는 거뭇거뭇한 산들이 있었다. 그 색이 꼭 너무 구운 비프스테이

크 같았다.

세관 관리들은 전부 흑인이었다. 흑인들의 나라이기 때문에 당연히 어디에나 흑인들이 있었다. 탑승객 가족들이 공항 청사 밖 나무 아래서 기다리고 있었다. 여자 아이들은 작은 장식이 달린 짧은 흰색 양말을 신고 있고, 남자 아이들은 반바지를 입고 있었다. 반바지이긴 하지만, 오래전 꾸뻬의 나라에서 입었던 것처럼 아이들에겐 길이가 너무 길었다.

꾸뻬는 기다리고 있어야 할 친구를 찾을 수 없었다. 짐가방을 끌고 공항 청사 밖으로 나가자 태양이 계속해서 머리꼭지를 지져댔다. 짐꾼 한 명이 그의 짐가방을 3미터 정도 떨어진 택시 정류장으로 가져 가기 위해 얼른 달려왔다. 뒤이어 또 한 명이 달려오고, 또 다른 한 명이 가세했다. 꾸뻬는 그들이 서로 싸우게 될 것 같아 걱정이 앞섰다. 그때 다행히 친구 장 미셸이 얼굴에 미소를 띠우고 다가왔다.

장 미셸은 뱅쌍과 마찬가지로 꾸뻬의 오랜 친구였다. 그러나 그들은 서로 많이 달랐다. 장 미셸은 더운 나라에서 사람들에게 병을 가져다주는 작은 해충들을 전공한 의사였다. 불행히도 더운 나라에는 작은 해충들이 수없이 많았지만, 의사는 그에 비해 턱없이 부족했다. 그래서 그는 학교를 마치자마자 일을 하기 위해 서둘러 이 나라로 떠났다.

장 미셸은 요트나 스키 타는 사람처럼 체구가 건장했다. 그는 여자들의 관심을 끌긴 했지만, 정작 그 자신은 이성에 대해 별로 관심을 갖지 않았다. 그 결과 여자들은 그에게 더욱 관심을 갖게

되었다. 장 미셸과 꾸뻬가 친구라는 것을 알고, 여자들은 종종 장 미셸에 대해 묻기 위해 꾸뻬에게 접근해 오곤 했었다.

장 미셸이 짐꾼들을 물리치고 꾸뻬의 짐가방을 받아들었다. 그들은 주차장으로 향했다. 사실 말은 이렇게 간단하지만, 주차장까지 가는 것은 결코 쉬운 일이 아니었다. 그곳에는 수많은 걸인들이 있었기 때문이다. 걸인들은 방금 전의 짐꾼들처럼 곧바로 꾸뻬를 주목했다. 주차장에 있던 모든 걸인들이 일제히 손을 뻗으며 꾸뻬에게로 다가왔다. 그들은 똑같이 이 한 마디를 반복했다.

"신사 양반, 신사 양반, 신사 양반, 신사 양반, 신사 양반, 신사 양반……."

그들 중 어떤 이들은 겉으로 보기에도 심하게 병들어 있었고, 몹시 말랐으며, 어떤 경우에는 눈 한 쪽이 없었다. 꾸뻬가 보기에 그들은 서 있는 것조차 힘들어 하는 듯했다. 그들은 마치 유령들처럼 힘없이 손을 뻗은 채 꾸뻬를 향해 걸어왔다. 장 미셸이 앞장 서서 걸었다. 그는 걸인들을 쳐다보지도 않는 듯 했다. 그가 꾸뻬에게 말했다.

"널 위해 좋은 호텔을 잡아 놓았어……. 알아 둬, 여긴 좋은 호텔이 딱 둘밖에 없어."

그들이 차 있는 곳에 이르렀을 때 꾸뻬는 이미 자신이 갖고 있던 모든 동전과 지폐들까지 나눠 준 뒤였다. 장 미셸은 그제서야 그 사실을 알아차리고 말했다.

"그래, 너한테는 이런 일이 처음일 거야."

장 미셸의 지프차 옆에는 한 젊은 흑인 남자가 장총을 들고 서 있었다.

장 미셸이 말했다.

"마르셀을 소개할게. 우리의 경호원이야."

차는 걸인들을 헤치고 주차장을 빠져나와 도시로 향하는 도로로 접어들었다. 창 밖으로 불타 버린 산들이 다시 보이고, 그들을 바라보던 걸인들은 점점 멀어져 갔다. 태양은 여전히 뜨겁게 내리쬐고 있고, 도로는 울퉁불퉁했다. 앞좌석에 앉은 마르셀은 장총을 무릎 위에 올려놓고 있었다. 꾸뻬는 이 나라에서 아마도 행복에 대해 배울 수 있으리라는 생각이 들었다. 그리고 물론 불행에 대해서도 많은 걸 배우게 되리라고.

호텔은 매우 아름다웠다. 호텔 전체가 큰 정원으로, 꽃이 만발한 나무들과 객실로 쓰이는 작은 방갈로들, 그리고 나무로 만든 구름 다리 아래에 커다란 S자 모양의 수영장이 있었다. 그런데 그곳은 사람들이 휴가철에나 다녀가는 여느 호텔들과는 약간 다른 분위기였다. 우선 입구에 붙은 안내 표지판부터 달랐다. 그곳에는 이렇게 적혀 있었다.

'친애하는 고객분들과 방문객 여러분, 무기를 갖고 호텔 안으로 들어오지 마십시오. 무기를 갖고 계신 분은 반드시 프런트에 알려 주시기 바랍니다.'

호텔 안에는 이상한 반바지 제복 차림의 백인들이 대낮부터 바에서 한잔 하고 있었다. 그들은 이 나라의 질서를 유지하기 위해 세계 각국에서 파병해 만든 군대 중 일부였다. 그러나 별로

중요한 나라가 아니었기 때문에, 결국 아무도 많은 돈을 군대 만드는 일에 쓰고 싶어하지 않았다. 그 결과 이 군대는 고작해야 스스로를 지킬 수 있을 정도의 작은 규모로 전락하게 되었고, 안간힘을 쓰기는 했지만 나라의 질서를 세우는 데는 실패하고 말았다.

바에서 만난 한 남자가 꾸뻬에게 이 모든 것에 관해 설명해 주었다. 그는 백인이었지만 제복을 입지 않고 있었고, 뱅쌍의 주말 옷차림과 비슷한 옷을 입고 있었다. 밝고 화려한 와이셔츠에 잘 다려진 바지, 골프 칠 때 신는 신발, 그리고 잉리의 것보다 비싸 보이는, 값을 가늠하기 힘든 손목시계를 차고 있었다. 적지 않은 것들이 꾸뻬에게 잉리를 생각나게 했다.

그 남자는 외국인이지만 꾸뻬의 나라 말을 아주 잘했고, 술 대신 콜라만을 마셨다. 그의 이름은 알프레도였다. 꾸뻬는 알프레도에게 어느 나라에서 왔는지 물었다. 그것에 대해 그는 대답했다. 자기 나라는 평판이 별로 좋지 않은데, 그것은 그 나라에서는 나쁜 흥분제를 얻을 수 있는 식물을 아무 데서나 자라게 방치해 두기 때문이라는 것이었다. 그 흥분제는 꾸뻬의 나라뿐 아니라 세계 다른 모든 나라에서 금지된 것이었다. 그 결과 그 약은 매우 비싸졌고, 사람들은 더 많이 그 식물을 재배하게 되었다. 물론 알프레도가 그 나라에서 태어났다고는 하지만, 그건 그의 잘못이 아니기 때문에 문제 삼을 일은 아니었다. 꾸뻬는 알프레도에게 어디서 자기 나라 말을 배웠느냐고 물었다.

알프레도가 말했다.

"물론 당신 나라에서죠! 난 그곳에서 몇 년을 살았거든요."

알프레도는 그것에 대해서는 더 이상 말하고 싶지 않은 듯했다. 그래서 대화의 주제를 바꾸기 위해 꾸뻬는 그에게 무엇 때문에 이 나라에 왔느냐고 물었다. 알프레도가 그를 처다보았다. 알프레도와 같이 영리한 사람은 꾸뻬가 나쁜 사람이 아님을 금방 알아차리게 마련이다. 알프레도는 웃으면서 대답했다.

"농사를 지으려구요!"

꾸뻬 역시 정신과 의사답게 눈치가 빨랐기 때문에 농사를 짓는다는 것이 흥분제를 만드는 식물을 재배한다는 뜻임을 금방 알아차렸다. 꾸뻬는 알프레도와의 만남이 행복에 대한 설문 조사에서 매우 흥미로운 점이 되리라는 걸 알았다. 그는 알프레도에게 무엇이 삶에 행복을 가져다주는지 물었다.

알프레도는 잠시 생각에 잠겼다가 말했다.

"행복한 가정을 갖는 것, 내 아이들이 아무것도 부족하지 않다는 걸 알게 되는 것이죠."

알프레도에게는 이미 다 성장한 아이들이 있었는데, 그는 그 아이들이 세계에서 정신과 의사가 가장 많은, 큰 나라에서 공부할 수 있게 되기를 바라고 있었다. 꾸뻬는 다른 가정의 자녀들이 알프레도가 재배한 나쁜 흥분제를 복용해서 불행한 삶을 살 수도 있다고 생각하면 죄책감이 들지는 않느냐고 물었다.

알프레도는 주저하지 않고 대답했다.

"만일 아이들이 약을 복용했다면, 그건 벌써 끝장난 가정이에요. 부모가 애들은 보살피지 않고 돈 버는 데만 혈안이 돼 있으

면, 말썽쟁이 아들딸들이 아무 짓이나 하는 건 당연하죠!"

꾸뻬가 고개를 끄덕이며 말했다.

"그렇군요."

그러나 그가 완전히 동의한 것은 아니었다. 정신과 의사들이 "그렇군요." 하고 말하는 것은 단지 "난 당신의 말뜻을 이해해요."라는 의미이기 때문이다. 많은 가난한 나라의 사람들이 그 나쁜 약을 복용해 그들의 삶을 더 불행한 쪽으로 몰고 간다고 꾸뻬는 지적했다. 알프레도는 그것도 마찬가지라고 말했다. 그들의 나라가 아이들을 돌보지 않는 나쁜 가정과 별 차이가 없다는 것이었다.

알프레도가 단호하게 말했다.

"내가 수요를 만들어 내는 건 아니에요."

꾸뻬는 또다시 "그렇군요." 하고 대답했다. 하지만 결국 알프레도가 다른 사람들을 불행하게 함으로써 자신과 가족의 행복을 만들고 있다고 생각했다. 어쩌면 문제 많은 가정에 태어난 아이처럼 알프레도 자신이 모든 것이 잘못된 나라에서 태어났기 때문에 그런 식으로 사물을 점점 이상한 눈으로 바라보게 되었는지도 모를 일이었다.

꾸뻬의 질문들이 알프레도를 조금 화나게 만든 듯했다. 왜냐하면 그가 위스키를 주문했기 때문이다. 이어 흑인 웨이터가 위스키를 가져다주었다. 꾸뻬와 알프레도는 지금 모두가 흑인인 나라에 있으면서 정작 흑인들에 대해선 별로 이야기를 하지 않고 있었다. 그 바에 있는 흑인이라고는 종업원들과 웨이터뿐이

었고, 그들은 아무 이야기도 하지 않았다. 말을 하는 사람들은 백인들, 외국인들, 알프레도, 꾸뻬, 그리고 반바지 차림의 군인들뿐이었다.

꾸뻬가 자신의 직업이 정신과 의사라고 말하자, 알프레도는 갑자기 깊은 관심을 보였다. 알프레도는 자신의 아내가 줄곧 불행한 심리 상태로 살아왔다고 말했다. 그녀는 부족한 게 아무것도 없지만 심한 마음의 병에 시달리고 있었다. 그래서 그 나라의 의사들이 여러 가지 약을 써서 치료해 보려고 시도했지만, 그중 어느 것도 효과가 없었다는 것이었다.

꾸뻬는 그 약들의 이름을 물었다. 알프레도는 약 이름이 방에 있다며 당장에 처방전을 찾으러 방으로 갔다. 기다리는 동안 꾸뻬는 위스키를 마셨다. 알프레도가 그의 것도 한 잔 주문했기 때문이다. 그리고 앞에 있는 흑인 웨이터와 이야기를 하기 시작했다. 그는 이시도르라는 이름을 가진 30대 중반의 남자였다. 꾸뻬는 이시도르에게 무엇이 그의 삶을 행복하게 하느냐고 물었다.

이시도르는 미소지으며 말했다.

"내 가족한테 부족한 것이 하나도 없을 때죠."

꾸뻬는 그것이 전부냐고 물었다. 이시도르는 잠시 생각한 뒤 다음과 같이 덧붙였다.

"그리고 가끔씩 두번째 사무실에 가는 것!"

꾸뻬는 이시도르가 웨이터 일 말고도 또 다른 직업을 갖고 있다고 생각했다. 또한 그는 호텔 바에서 일하는 것에 진심으로 만족해 하는 것 같았다. 두번째 사무실에서는 어떤 종류의 일을 하

느냐고 묻자, 이시도르는 다만 웃기 시작했다. 그가 꾸뻬에게 막 설명을 시작하려는 순간, 알프레도가 아내의 처방전을 갖고 돌아왔다. 처방전을 검토해 보니 많이 잘못돼 있음을 발견할 수 있었다. 그 나라의 정신과 의사들은 한꺼번에 세 종류의 약을 처방했는데, 그중 어느 것도 적절한 복용량을 지시하고 있지 않았다. 따라서 결국 그 약들은 알프레도의 아내에게 전혀 도움이 될 수 없었다.

꾸뻬는 그녀의 마음의 병이 어떤 종류의 것인가를 알기 위해 알프레도에게 몇 가지 질문을 했다. 이야기를 듣고 나니 어떤 약이 그녀를 좋아지게 할지 금방 알 수 있었다. 그리고 전에 의학 세미나에서 만난 적이 있는, 알프레도가 사는 나라의 실력 있는 정신과 의사가 기억났다. 알프레도가 그 의사를 알지 못하는 건 당연한 일이었다. 그 의사는 종합병원에서 일을 했으며, 양말에 샌들을 신고 다녔다. 알프레도 같은 사람은 자신과 같은 종류의 신발을 신는 의사들만을 알고 있기가 쉬웠다.

꾸뻬는 알프레도에게 그 의사의 이름과, 그와 상담을 하기 전까지 시도해 볼 약들의 이름을 알려 주었다. 알프레도는 전체가 금으로 도금된 아름다운 만년필로 약들의 이름을 받아적었다. 그 만년필은 마치 순금으로 만들어진 물건처럼 보였다.

그때 장 미셸이 도착했다. 그는 꾸뻬가 알프레도와 대화를 나누는 것을 보는 순간 심각한 표정을 지었다. 꾸뻬는 알프레도에게 장 미셸을 소개해 주고 싶었지만, 장 미셸은 바쁜 시늉을 했다. 알프레도가 또 만나자며 고마움을 표시하는 사이에 장 미셸

은 재빨리 꾸뻬를 데리고 호텔 밖으로 나왔다.

자동차 안에서 장 미셸은 함께 이야기하던 그가 누구인지 아느냐고 꾸뻬에게 물었다. 꾸뻬는 그렇다고 대답했다. 많이는 아니지만 조금.

그러자 장 미셸이 말했다.

"그 자는 이 나라를 똥통 속으로 밀어 넣는 인간이야!"

경호원 마르셸은 아무 말도 하지 않았지만, 장 미셸의 말에 동의하는 듯 보였다. 꾸뻬는 아무 대답도 하지 않았다. 수첩에 메모를 하느라 바빴기 때문이다.

배움9_ 행복은 자기 가족에게 아무것도 부족한 것이 없음을 아는 것이다.

배움10_ 행복은 자신이 좋아하는 일을 하는 것이다.

그는 장 미셸에게 호텔의 웨이터가 일을 하기 위해 두번째 사무실로 간다고 알려 주었다. 그 말을 듣고 장 미셸과 마르셸은 웃음을 터뜨렸다. 이 나라에서 두번째 사무실을 갖는다는 건 자기 아내보다 더 좋은 여자 친구를 갖는다는 의미라고 마르셸이 설명했다. 결국 그것은 또다시 잉리에 대해 생각하게 만들었다. 꾸뻬는 잠시 동안 아무 말도 하지 않았다.

행복은 자신이 쓸모 있는 존재라고 느끼는 것

먼지가 수북한 길에는 많은 흑인 남자들과 여자들이 걸어다
니고 있었다. 신발을 신지 않은 어린아이들도 있었다. 차가 막혀
더 이상 전진하지 못할 때면 아이들이 구걸을 하기 위해 자동차
주위로 몰려들었다. 창문을 어둡게 착색했음에도 불구하고 아이
들은 꾸뻬를 점 찍고는 목표점을 향해 작은 손을 움직이며 흰 이
를 드러내고 웃었다.

장 미셸이 말했다.

"절대로 창문을 내리지 마. 내가 문을 잠궜어."

"그런데 왜 나한테만 아이들이 손짓을 하는 거지?"

발그레한 작은 손바닥을 내밀고 있는 귀여운 여자 아이를 바
라보며 꾸뻬가 물었다.

장 미셸이 말했다.

"네가 여기 새로 온 사람이라는 걸 알기 때문이야. 저 아이들

은 나와 마르셀에 대해선 잘 알고 있거든."

도시는 관리 상태가 별로 좋지 않아 보였다. 전부 부서지거나 반쯤 허물어진 집들, 나무판자와 양철판으로 반 정도 수리를 한 집들, 그리고 한때 아름다웠겠지만 지금은 곰팡이가 핀 빌라들이 보였다. 흑인 남자와 여자들이 길에서 물건을 팔고 있었는데, 그것들은 꾸뻬의 나라에서는 쓰레기통에 던져 버리거나 다락방에 처박아 두는 그런 물건들이었다. 길 한켠에서는 또 온갖 종류의 싱싱한 채소들을 팔고 있었다. 흑인들이 언제나 웃고 장난을 잘 친다는 말을 들었었는데, 그것이 사실이 아니라는 걸 알 수 있었다. 아이들은 곧잘 미소를 지었지만, 흑인 어른들은 전혀 그렇지 않았다. 그들은 계속해서 밀리는 차들 때문에 앞으로 나아가지 못하고 있었다. 꾸뻬는 이토록 가난한 나라에 왜 이리도 차가 많은 건지 도무지 이해가 가지 않았다.

장 미셸이 말했다.

"차가 그렇게 많은 건 아니야. 도로가 너무 좁으니까 금방 막히는 것이지. 더군다나 도시 전체를 통틀어 신호등이 하나밖에 없거든!"

마침내 그들은 막힌 도로에서 빠져나오는 데 성공했고, 곧이어 차는 속력을 내기 시작했다. 도로 역시 관리 상태가 엉망이었다. 도로 한복판에 커다란 바윗덩어리 하나가 떨어져 있는가 하면, 길에 난 욕조 크기만한 구멍들이 메워지지도 않은 채 방치되어 있었다. 장 미셸은 그런 것들에 이미 익숙해져 있는 듯했다. 어떤 트럭은 차의 옆부분과 지붕 위에까지 사람들을 가득 실은

채 전속력으로 질주하기도 했다. 꾸뻬는 이곳 사람들이 잘 웃진 않지만 대단히 용감한 사람들이라고 생각했다. 만일 트럭이 사고라도 나는 날이면, 의심할 여지없이 죽거나 심하게 다치거나 둘 중 하나였기 때문이다. 트럭들은 대부분 갖가지 색깔로 칠해져 있고, 범퍼에는 큰 글씨로 이렇게 적혀 있었다.

'전지전능하신 신이 우리를 지켜 주시리라.'

'우리를 언제나 사랑하시는 주님은 살아 계시다.'

이곳 사람들이 아직 꾸뻬의 나라 사람들보다 더 열렬히 신을 믿고 있음을 알 수 있었다. 꾸뻬의 나라 사람들은 신보다는 사회 보장 제도가 자신들을 지켜 줄 것이라고 믿고 있기 때문이었다. 주위 풍경은 공항 근처보다 별로 나을 것이 없었다. 약간 불타 있는 큰 구릉들이 있을 뿐, 그늘을 만드는 나무도 많지 않았다. 꾸뻬는 왜 이 나라에는 나무가 많지 않을까 의문이 들었다.

이번에는 마르셀이 그것은 무역 금지 조치 때문이라고 설명했다. 이 나라는 오래전부터 악독한 사람들의 통치를 받았는데, 어느 날부턴가 더 악독한 사람들이 나라를 통치하기 시작했다. 결국 그 독재자는 꾸뻬의 나라와 같은 선진국들의 심기를 자극하게 되었고, 그 여러 나라 대통령들과 수상들은 회의를 열어, 그 독재자를 강제로 사임시키기 위해 만장일치로 무역 금지 조치를 결정했다. 나라들간에 사고파는 것을 금하는 무역 금지 조치는 이 나라를 더욱 가난하게 만들었다. 화가 난 국민들은 나라를 통치하는 사람들에게 더 현명하게 나라를 다스리거나 아니면 사직할 것을 요구했다. 그러나 문제는 그런 것이 전혀 통하지 않는다

는 데 있었다. 독재자와 그 하수인들은 국민들, 그리고 아기들까지 배고픔에 지쳐 완전히 녹초가 되어 있다는 사실을 무시했다. 무역 금지를 결정한 나라의 사람들은 국민의 권익과 아기들의 건강에 특히 신경 쓰는 사람들이기 때문에 그것에 대해 도저히 이해할 수가 없었다. 그래서 무역 금지 조치는 더 연장되었다. 그 결과 아이들은 더 야위어 갔고, 어머니들의 슬픔은 깊어져만 갔다.

물론 그것은 나무들에게도 좋지 않았다. 무역 금지 조치로 인해 석유와 가스를 더 이상 살 수 없게 된 사람들은 음식 끓일 불을 지피기 위해 나무를 베어야 했기 때문이다. 그 결과 수많은 장소가 더 이상 나무가 없는 황폐한 곳이 되어 버렸다. 갑자기 퍼부은 비가 바닥을 쓸어 갔고, 흙은 모두 떠내려 갔다. 남은 것이라곤 돌투성이인 거대한 언덕들과 바위들뿐이었다. 그 돌들은 돌을 수집하는 사람이라면 다르겠지만, 그리 쓸모가 있는 것들도 아니었다.

마르셀이 말했다.

"지금 유엔이 나무 심기 운동을 재정적으로 후원해 주겠다고 나서고 있지만, 자갈밭에서 어떻게 나무들이 자라겠어요? 선생님은 그런 걸 본 적이 있으세요?"

마르셀은 그 이야기를 하며 기분이 별로 좋아 보이지 않았다. 그동안 통치를 해오던 악독한 정치인들이 결국 물러나긴 했지만, 그는 무역 금지 조치를 결정한 유엔에 대해 원망하고 있는 눈치였다. 그런데 왜 그 악독한 사람들이 떠났는데도 나라가 나

아지는 기미가 보이지 않는 걸까? 이곳 사람들이 악독한 사람들에게 반대했던 한 양심적인 남자를 대통령 자리에 앉혔는데, 결국 그 역시 그전 사람들과 하나도 다르지 않게 되었다고 마르셀은 말했다.

마침내 오르막길이 나타났고, 그들은 작은 마을이 있는 장소에 도착했다. 그곳에는 제법 나무들이 자라고 있고, 아까 지나친 곳들보다는 아름다웠다. 꾸뻬는 그곳 길가에 있는 사람들이 도심지의 사람들보다 행복해 보인다는 것을 발견했다. 아이들은 당나귀나 짐수레 때문에 차가 속도를 늦춰도 구걸을 하러 다가오지 않았다.

차는 작은 교회에 붙어 있는 한 건물 앞에 멈춰섰다. 건물 위에는 '무료 진료소'라고 써 있었고, 바깥의 그늘진 벤치에는 순서를 기다리는 아이들과 함께 온 흑인 여자들로 가득했다. 그들은 장 미셸과 함께 들어가는 꾸뻬를 미소 띤 얼굴로 쳐다보았다. 그들이 꾸뻬를 새로운 의사 선생님으로 생각하고 있다고 장 미셸이 말했다. 어쨌든 그건 완전히 틀린 생각은 아니었다. 이 말에 반대하는 사람들도 있겠지만 정신과 의사도 어디까지나 의사이기 때문이다.

진료소 안에는 흰 블라우스 차림의 젊은 흑인 여자와 젊은 남자가 아이들을 진찰하고 있었다. 그들은 장 미셸과 꾸뻬가 들어서자 무척 반가워했다. 장 미셸은 그들이 간호사들이며, 꾸뻬 나라의 의사들이 하는 일들을 훌륭하게 해내고 있다고 설명했다. 그래서 자기는 약간 까다로운 병에 걸린 아이들을 치료하기 위

해서만 그곳에 들른다고 말했다. 그곳말고도 그는 다른 세 군데의 무료 진료소에 가야만 했기 때문이다.

꾸뻬는 그가 일을 하게 놔두고 바깥 나무 그늘에서 파이프 담배를 피우고 있는 경호원 마르셀에게로 갔다. 그는 마르셀에게 왜 이곳 사람들이 도시에 있는 사람들보다 더 행복해 보이는지 물었다.

"시골에선 채소밭과 닭 몇 마리를 갖고도 그럭저럭 살아갈 수가 있어요. 그리고 가족과 함께 살면서, 서로를 지탱해 주거든요. 하지만 도시 사람들은 돈이 없으면 살아나갈 수가 없어요. 가족들도 견디지 못하고. 그래서 많은 사람들이 술과 마약을 하는 겁니다. 또 사람들은 돈만 있으면 그런 걸 살 수 있다는 걸 알아요. 하지만 여긴 그런 유혹들이 별로 없어요."

마르셀의 답변을 듣고, 꾸뻬는 수첩에 이미 적어 놓은 것들 중세 가지 이상의 배움이 다시 떠올랐다.

동시에 또 다른 배움 하나를 얻었다.

배움11_ 행복은 집과 채소밭을 갖는 것이다.

꾸뻬는 그 나라에 도착한 이후 보고 들은 것들을 모두 떠올리며 수첩에 적었다.

배움12_ 좋지 않은 사람에 의해 통치되는 나라에서는 행복한 삶을 살기가 더욱 어렵다.

그것은 그에게 중국 노승의 삶과 잉리의 가족 이야기를 다시 생각나게 했다. 필연적으로 잉리의 이야기 또한.

날이 어두워지기 전에 그들은 다시 도시로 되돌아왔다. 장 미셸이 이 나라에서는 밤에 차를 타고 돌아다니지 않는 것이 좋다고 말했기 때문이다. 그런데 꾸뻬로서는 한 가지 이해가 가지 않는 점이 있었다. 장 미셸은 왜 차 안에서까지 신변을 보호하기 위해 장총을 든 경호원을 대동하고 다니는 걸까? 여기저기로 아이들을 치료해 주러 다니는 장 미셸을 도대체 누가 무슨 이유로 해칠 생각을 한단 말인가?

그 이유는 바로 자동차에 있었다. 이 나라에서 자동차 한 대가 말해 주는 가치는 엄청난 것이었다. 그런데 현대식 자동차들은 열쇠가 없는 경우엔 시동 걸기가 너무 복잡하기 때문에 이 나라의 노상 강도들은 운전사가 부득이하게 차를 멈춰야만 하는 장소에서 총을 들고 기다렸다. 하나밖에 없는 신호등 앞에서가 아니라, 예를 들면 도로 한가운데 놓인 커다란 돌덩이 앞 같은 곳에서. 그리고는 연발 권총을 들고 다가와 운전자를 차에서 강제로 내리게 한 후 열쇠와 자동차를 빼앗아 사라져 버리는 것이다.

문제는 자동차를 훔치기 전이었다. 노상 강도들은 나중에 정체가 알려지는 것을 원치 않는다는 이유로, 또는 단지 자신들이 몹시 신경질이 나 있다는 이유로, 아니면 위스키나 맥주를 너무 마셔 취해 있거나 환각제 등을 복용한 상태이기 때문에 차 안에 있는 사람들을 걸핏하면 총으로 쏘아대곤 했다.

장 미셸이 말했다.

"그런 일들이 점점 더 빈번해지고 있어. 날마다 새로운 노상 강도들이 국경을 넘어오고 있거든. 이곳 경찰이 자기들 나라의 경찰에 비해 훨씬 무능력하기 때문에 잡힐 가능성이 더 적기 때문이야."

"그게 바로 세계화란 것이죠."

마르셀이 농담하듯 말했다.

무능력한 경찰, 이것은 또한 왜 알프레도와 같은 사람들이 위험한 일을 하러 이 나라에 오는가, 그 위험한 사업을 왜 경찰과 손잡고 하는가를 잘 설명해 주었다. 이 나라에선 그것이 훨씬 손쉽기 때문이다.

호텔 바에는 아직 반바지 제복 차림의 백인들이 있었지만 다행스럽게도 알프레도는 없었다. 꾸뻬가 느끼기에 장 미셸과 알프레도, 이 두 사람은 서로를 이해하려고 하지 않는 것 같았다. 두번째 사무실을 갖고 있는 웨이터 이시도르가 반가운 얼굴로 꾸뻬를 맞았다. 그는 즉시 꾸뻬 일행에게 맥주를 내왔다. 맥주 맛은 일품이었다. 아무것도 잘 되는 게 없는 나라지만 그래도 맥주 하나만은 손색이 없었다.

꾸뻬가 장 미셸에게 행복하냐고 묻자, 그는 그 질문에 웃음을 터뜨렸다. 꾸뻬는 그 질문이 남자들은 잘 웃게 만들지만, 여자들은 울게 할 수도 있다는 걸 깨달았다.

장 미셸이 말했다.

"그것에 대해 생각해 본 적은 없지만, 난 내가 행복하다고 생각해. 내가 좋아하는 일을 하는데다, 그 일을 잘하고 있고, 또 여

기서는 내 자신이 정말 필요한 존재라는 느낌을 받아. 사람들도 내게 친절히 대하고. 너도 봤지, 우리가 진정한 한 팀을 이루고 있는 걸."

장 미셸은 맥주를 한 모금 마시고 나서 다시 말했다.

"여기서의 내 모든 나날들은 의미가 있어."

꾸뻬에게는 그 말이 무척 흥미 있게 다가왔다. 왜냐하면 꾸뻬 역시 자신의 나라에서 쓸모 있는 일을 하고 있었기 때문이다. 그런데도 그는 가끔 진짜 불행하지도 않으면서 불행하다고 생각하는 사람들, 꾸뻬 자신도 도움을 줄 수 없는 마음이 병든 사람들을 보면서 자신의 하루가 정말 의미 있는 것일까 의문을 갖곤 했었다. 그런 것들 때문에 그는 그다지 행복감을 느끼지 못하고 살아왔다.

"그리고 이곳에선……."

장 미셸이 말을 이었다.

"내가 존재한다는 그 자체만으로도 사랑받는다고 느껴."

꾸뻬가 말했다.

"정말이야? 난 네가 그렇게 행복해 하는 줄 몰랐어."

그러자 장 미셸은 미소를 지으며 맥주 두 잔을 더 주문했다.

장 미셸이 돌아간 뒤, 꾸뻬는 저녁 식사를 하기 전에 잠시 쉬기 위해 방으로 갔다. 저녁에 비행기 안에서 만난 정신과 의사 마리 루이즈의 집에 초대받아 가기로 되어 있었다.

나라의 사정과는 달리 호텔 방은 매우 훌륭했다. 바닥에는 궁전에나 있을 법한 대리석이 깔려 있고, 가구들도 새것이었다. 수

도꼭지들은 전부 금으로 도금되어 있고, 욕조는 붉은색이었다. 꾸뻬가 침대에 누워 있는데 전화벨이 울렸다. 클라라였다. 꾸뻬가 낮에 전화를 걸어 메시지를 남겼었다. 그녀가 회의 중이었기 때문이다.

그녀가 꾸뻬에게 물었다.

"어때? 잘 즐기고 있어?"

그 말이 꾸뻬는 마음에 들지 않았다. 부드러운 불빛의 바에서 처음으로 잉리와 이야길 나눌 적에 뱅쌍이 그의 귀에 대고 물었던 것도 그런 식이었다. 꾸뻬는 그냥 형식적으로 대답했다.

"아, 그래. 아주 재미 있어. 넌, 사무실에선 좀 어때?"

클라라가 대답했다.

"나쁘지 않아. 회의 결과가 아주 좋았어."

클라라는 새로운 약을 위해 자신이 선택한 이름이 최고 간부에 의해 선발되었다고 전했다. 그것은 그녀에게는 큰 성공을 의미했다. 꾸뻬는 축하한다고 말했다. 그러나 이 모든 대화가 그다지 생기 있게 진행되지는 않았다. 두 사람은 계속해서 통화를 했지만, 서로 이야기할 정말로 중요하거나 감동적인 것들을 찾지 못했다. 단지 서로 친절하고 상냥하게 대할 뿐이었다. 마침내 그들은 다시 통화하자는 말을 하고 전화를 끊었다.

꾸뻬는 다시 침대 위에 몸을 던졌다. 그 순간, 어떤 것이 그의 머릿속을 강하게 흔들기 시작했다. 문득 그는 왜 자신이 잉리를 잊지 못하는지 이해할 수 있었다. 그것은 그녀가 예뻐서가 아니었다. 왜냐하면 클라라도 잉리만큼 예뻤기 때문이다. 사실 꾸뻬

에겐 그동안 예쁜 여자 친구들이 많았다. 아마도 그것은 꾸뻬가 정신과 의사처럼 생긴 자신의 외모에 만족스러워하지 않았기 때문일 것이다.

꾸뻬는 잉리와 이틀밤을 함께 보내긴 했지만, 그것이 사랑에 빠지게 하는 데 충분치 않다는 걸 알고 있었다. 하지만 그는 잉리와 진실로 사랑에 빠진 순간들을 기억했다. 잉리가 욕실에서 나오며 행복하게 웃던 모습, 그리고 꾸뻬가 상황을 알아차렸다는 것을 알고는 갑자기 슬퍼했던 그녀. 그들이 함께 저녁을 먹을 때, 꾸뻬는 잉리가 무척 수줍어하고 있다고 느꼈다. 그것 역시 그가 사랑에 빠진 순간이었다. 그리고 그녀가 자신의 팔에 안겨 울고 있었을 때. 그는 그녀와 함께 있으면서 매번 감동했었다. 그는 그녀와 사랑에 빠졌고, 그것은 아주 깊은 것이었다.

벽장 속의 꾸뻬 씨

"**부**드러운 고구마와 염소 요리를 좀더 들어요."

마리 루이즈가 친절한 목소리로 말했다.

꾸뻬는 사양하지 않고 그것들을 더 먹었다. 음식 맛이 아주 좋았다. 식탁 둘레에는 많은 사람들이 있었다. 마리 루이즈의 어머니인 약간 슬퍼 보이는 나이 많은 부인, 마리 루이즈의 여동생과 그녀의 남편, 마리 루이즈의 남동생, 그리고 여러 명의 사촌들과 친구들이 있었다. 꾸뻬는 누가 누군지 알기 어려웠다.

마치 누군가 장난이라도 친 것처럼, 그들은 아무도 같은 피부색을 갖고 있지 않았다. 마리 루이즈의 어머니는 꾸뻬가 일광욕을 하고 난 후와 같은 피부를 갖고 있었고, 그녀의 두 딸은 좀더 짙었으며, 사촌 여자들과 남자들은 다 조금씩 달랐다. 남동생은 마르셀처럼 피부색이 검었다. 하지만 피부색에 상관없이 모두가 꾸뻬에게 친절했다.

서랍장 위에는 우아한 정장 차림의 잘생긴 흑인 남자 사진이 걸려 있었는데, 바로 마리 루이즈의 아버지였다. 마리 루이즈는 꾸뻬에게 아버지가 변호사였으며, 수년 전 악독한 사람들이 이 나라를 지배하던 시절에 정치에 발을 들여 놓았다고 설명했다. 어느 날 아침, 아버지는 어린 마리 루이즈를 안아 주고는 사무실

로 떠났다. 그리고 그날 저녁 트럭 한 대가 집 앞에 그를 던져 놓고는 빠른 속력으로 달아났다. 그녀의 아버지는 이미 죽어 있었고 온몸이 멍투성이였다. 그 나라의 정치라는 게 그 시절에는 자주 그랬었다. 이야기를 들으면서 꾸뻬는 자신의 일처럼 분노와 슬픔을 느꼈다. 하지만 마리 루이즈는 오래전부터 그 이야기를 하는 데 익숙해져 있는 듯했다.

그녀가 말했다.

"엄마는 그 충격에서 전혀 회복되지 못하셨어요. 내가 보기에 엄마는 언제나 다른 세계에 가 계세요."

꾸뻬는 마리 루이즈의 어머니를 쳐다보았다. 그녀는 식탁 끝에서 누구와도 말을 하지 않고 앉아 있었기 때문에 마리 루이즈의 말이 사실임을 확인할 수 있었다. 꾸뻬와 마리 루이즈는 약과 정신의학에 대해 대화를 나누었다. 마리 루이즈는 어머니를 치료하기 위해 그녀가 일하는, 정신과 의사들로 가득한 나라로 데려가 온갖 방법을 다 시도해 보았다. 하지만 그녀의 어머니는 한 번도 완전히 살아 있는 사람으로 돌아오지 않았다. 정신과에서 약간은 도울 수 있지만 완전히 낫게는 할 수 없는 큰 슬픔이 그녀의 삶에 박혀 버렸기 때문이다.

마리 루이즈의 여동생 남편인 네스토는 무척 재미있는 남자로 꾸뻬와 농담하기를 좋아했다. 네스토는 그 나라에서 사업을 하고 있었다. 처음에 꾸뻬는 그의 사업이 알프레도가 하는 것과 같은 종류가 아닌지 걱정스러웠다. 하지만 그렇진 않았다. 네스토는 자동차를 수입해 파는 사업과, 그 나라 예술가들의 그림을 수

출하는 일을 하고 있었다. 맥주와 더불어 그림은 그 나라의 특별한 상품이었다. 그는 또 그 나라에 신발 공장을 갖고 있었다. 그것은 꾸뻬의 나라 사람들이 조깅할 때 신는 신발이었다.

네스토를 보면서, 꾸뻬는 세상에는 다양한 종류의 비비엥이 존재한다는 생각이 들었다. 꾸뻬는 그가 하는 일이 이곳 사람들을 조금이나마 가난에서 벗어나게 하는 데 도움이 되느냐고 물었다. 네스토는 조금은 그렇지만, 정말로 효과가 있으려면 자기와 같은 사람이 몇 백 명은 더 있어야 한다고 말했다.

"문제는 이 나라가 확실하지 않다는 데 있어요. 사업하는 사람들은 자신이 가진 돈에 문제가 생기는 걸 원치 않아요. 한마디로 투자라는 게 없으니까 일자리가 없는 거죠. 세계화에 대해 말하긴 하지만, 문제는 우리예요. 우리가 그 안에 없다는 거죠! 외국인 투자자들은 이 나라에 공장을 세우려고 하지 않아요."

그의 말을 통해 꾸뻬는 세계화라는 것이 언제나 해로운 것만은 아님을 알게 되었다.

마리 루이즈의 남편은 그곳에 없었다. 그는 이 나라에서 태어났지만, 정신과 의사들로 가득한 큰 나라에서 엔지니어로 일하고 있었고, 그것은 그의 나라에 별다른 이익이 되지 못했다. 그가 이곳의 가족에게 돈을 보내는 것 말고는. 이 모든 것들이 바로 마리 루이즈가 자신의 아이들이 경호원과 함께 학교에 다녀야만 하는 걸 원치 않는 이유였다.

꾸뻬는 그곳에 모인 사람들에게 이 나라의 아이들에 대해 한 가지 질문을 했다. 왜 도시에서 본 아이들은 항상 웃고 있는가?

그들은 아무것도 가진 것 없이 거리에서 살고 있었고, 대부분 신발은 물론 자신들을 돌봐 줄 부모조차 없는 아이들이었다. 어른들이 웃지 않는 것은 그들이 살아온 삶을 생각하면 충분히 이해가 가는 일이었다. 하지만 왜 아이들은 행복해 보이는 걸까?

사람들은 흥미 있는 질문이라고 생각했다. 그리고 그것에 대해 많은 대답들이 오갔다.

"아이들은 자신이 처한 상황이 아직 현실적으로 다가오지 않기 때문이에요. 아이들은 비교를 할 줄 몰라요."

그 말을 듣고 꾸뻬는 첫번째 배움이 생각났다. '행복의 첫번째 비밀은 자신을 다른 사람과 비교하지 않는 것이다.'

누군가는 말했다.

"큰 슬픔을 겪은 아이들은 다들 세상을 떠나 버렸기 때문에 우리가 그들을 볼 수 없는 거예요. 명랑한 아이들만 살아남은 거죠."

또 다른 사람이 말했다.

"꾸뻬를 보게 된 것이 기뻐서 웃은 게 아닐까요?"

그 말에 모두가 웃었고, 마리 루이즈는 그것이 사실일 수도 있다고 꾸뻬에게 말했다.

이번에는 마리 루이즈의 사촌이 말했다. 그녀는 너무 예뻤기 때문에 꾸뻬는 그녀를 너무 자주 쳐다보지 않으려고 주의했다.

"그들은 우리가 웃는 아이들에게 더 다정하게 대한다는 걸 알고 있기 때문이에요."

사람들은 그 대답이 가장 훌륭한 설명이라며 박수를 쳤다. 그

사촌은 그 말을 하면서 미소를 지으며 꾸뻬를 쳐다보았다. 꾸뻬는 그 미소가 그녀를 다정하게 대하라는 의미를 담고 있음을 알아차렸다.

아이들이 미소 짓는 걸 보면 꾸뻬는 동료 정신과 의사에 관한 이야기가 떠올랐다. 그가 어린아이였을 때 그의 나라를 다른 나라 사람들이 지배하고 있었다. 그 다른 나라 사람들은 자기들의 마음에 들지 않는 성을 가진 모든 사람들을 죽이기로 결정했다. 그리고 그 사람들을 모두 기차에 태워 아무도 그 무시무시한 광경을 볼 수 없는 아주 먼 곳까지 데리고 갔다. 꾸뻬의 동료 의사는 바로 그 성을 가진 아이였고, 사람들은 그 아이를 다른 아이들과 함께 죽음으로 가는 기차에 태우기 위해 수용소로 데려 갔다. 그런데 그 아이는 잘 웃는 아이였고, 수용소에서조차 모든 사람을 웃게 만들었다. 심지어 수용소를 지키고 있는 사람들까지 웃게 만들었다. 결국 수용소를 지키던 사람들은 아이를 한쪽에 숨겨 다른 아이들이 가는 처형 장소로 보내지 않았다.

그런데 여기서 알아야 할 것은 모든 아이들이 살아남고 싶어 했다는 것이다. 어쨌든 우리는 웃는 아이들에게 더 잘해 준다. 그것이 언제나 통하지는 않더라도.

시간이 많이 늦었고, 꾸뻬는 매운 음식 때문에 갈증이 나서 술을 많이 마셨다. 그러자 피곤이 밀려왔다. 모두가 문 앞까지 나와서 그에게 작별 인사를 했고, 마리 루이즈는 그를 호텔까지 태우고 갈 자신의 자가용으로 안내했다. 장 미셸의 차처럼 소형 지프차였다. 운전사는 꾸뻬의 나라 운전사들과 달리 반소매 셔츠

에 낡은 나팔바지 차림이었다.

운전사 외에도 젊은 경호원이 한 명 있었는데, 손에 큰 연발 권총을 들고 있었다. 차에 오르기 위해 그들 옆을 지나면서, 꾸뻬는 그들이 위스키를 마셨다는 걸 눈치챌 수 있었다. 간단히 말해 이 나라에서는 술을 마시는 것이 길에서 발생할 일들에 대한 두려움을 없애는 가장 좋은 방법이었다. 꾸뻬는 현관 층계에 서서 그가 떠나는 것을 바라보는 마리 루이즈와 그녀의 가족들에게 작별의 손짓을 보냈다. 차는 이내 어둔 밤 속으로 빨려들어갔다.

꾸뻬는 행복했다. 그는 많은 흥미로운 일들을 경험하고 있었다. 운전사와 경호원에게도 행복한가 물으며 대화를 나누고 싶었지만, 그러기에는 너무 피곤했다. 그래서 금방 잠이 들었다. 잉리가 꿈속에 나왔고, 그것은 정신과 의사들의 꿈이 다른 사람들의 꿈에 비해 이해하기가 복잡하지 않다는 것을 증명하는 것이었다. 잠에서 깨어나지는 않았지만, 차가 잠시 멈췄다는 걸 느꼈다. 문이 꽝하고 닫히고, 사람들이 외치는 소리가 들렸다. 그러나 꾸뻬는 꿈에서 깨어나고 싶지 않았다. 잉리와 함께 그의 나라로 돌아가기 위해 작은 배로 바다를 건너고 있는 중이었기 때문이다.

그런데 그것은 대단히 어리석은 일이었다. 잠에서 완전히 깨어났을 때, 꾸뻬는 운전사와 경호원이 바뀌어 있다는 인상을 받았다. 익숙해 있지 않으면 흑인들을 서로 혼동할 수 있다고 말하는 사람들이 있기는 하다. 더군다나 밤에는 더욱 그럴 것이다. 하지만 아니었다. 꾸뻬는 그들이 같은 사람이 아니라는 걸 알 수

있었고, 그 이유를 알아내려고 노력했다. 또 하나 미심쩍은 점은 왜 자동차가 계속해서 어둠 속을 달리고 있는가 하는 것이었다. 그의 호텔은 마리 루이즈의 집에서 별로 멀지 않은 곳에 있었다. 겨우 짧은 꿈 하나를 꿀 만한 거리에 불과했다. 그런데도 그들은 아직도 달리고 있었다. 만일 꾸뻬가 잠에서 완전히 깨어났다면, 또는 좀더 눈치가 빨랐다면 무슨 일이 일어났는지 충분히 깨달을 수 있었을 것이다. 하지만 꾸뻬는 지적인 사람이긴 했지만 눈치가 빠른 사람은 아니었다. 꾸뻬는 스스로 깨닫는 대신 이렇게 물었다.

"지금 어디로 가고 있는 거죠?"

그러자 앞좌석에 있던 두 흑인이 너무 놀라 천장에 머리를 부딪칠 정도로 펄쩍 뛰어올랐다. 그 바람에 자동차는 크게 비틀거리며 도로에서 벗어났다. 그들은 눈을 허옇게 뜨고 꾸뻬를 돌아보았다.

운전대를 잡은 흑인이 외쳤다.

"하느님 맙소사!"

다른 사람은 곧바로 권총을 꺼내더니 약간 떨면서 꾸뻬를 겨눴다. 그제서야 꾸뻬는 그들이 경찰 복장을 하고 있음을 알았다. 그래서 무슨 일이 일어났는가를 알아차리게 되었다.

순간 마르셀이 해준 이야기가 떠올랐다. 이미 말한 대로 열쇠 없이 자동차를 훔친다는 것은 매우 어려운 일이었다. 그래서 노상 강도들은 좀더 쉬운 방법을 택했는데, 그것이 바로 강제로 차를 세워 열쇠와 차를 빼앗는 일이었다. 그리고 이 나라에서 그

일을 할 수 있는 가장 좋은 방법은 경찰 복장을 하는 것이었다. 당연히 경찰 옷을 입은 사람이 정지 신호를 보내면 차를 세우지 않을 수가 없다. 그렇지 않으면 많은 벌금을 물거나 총격을 당할 수도 있기 때문이다. 그래서 밤에는 가끔씩 경찰의 가짜 바리케이트가 세워져 있거나, 진짜 바리케이트라고 해도 실제로는 강도인 가짜 경찰이 세워 놓은 것들이 도로를 가로막곤 했다.

경찰 복장을 구하는 일은 그리 어려운 일이 아니었다. 이 나라에서는 거의 모든 사람이 경찰인 사촌이나 남동생이 있었고, 그들이 근무하지 않는 날 경찰 모자와 옷을 빌릴 수 있기 때문이었다. 윗도리만으로도 충분했다. 이 나라 경찰은 아무 바지나 입을 수 있고, 신발도 정해져 있지 않아 운동화나 심지어 낡은 테니스화까지 신을 수 있었다.

꾸뻬는 그제서야 모든 것을 깨달았다. 앞에 있는 두 가짜 경찰이 진짜 경찰 노릇을 하면서 차를 멈추게 했고, 운전사와 경호원을 차 밖으로 나오게 해 아마도 그들을 주먹으로 때려 눕혔을 것이다. 그리고는 뒷좌석에서 누군가가 잠을 자고 있는 것도 확인하지 않은 채 전속력으로 내달린 것이다.

자신을 향해 겨누어진 권총을 보면서 꾸뻬는 많이는 아니지만 조금씩 두려워지기 시작했다. 그는 특히 노상 강도들이 아주 냉정하게, 또는 두려움에 사로잡혀 사람들을 죽인다는 것을 알고 있었다. 그러나 이렇게 가까이서 그런 상황을 경험한 적은 한 번도 없었다. 꾸뻬는 지금까지 자기 나라의 그 나이 또래 대부분 사람들처럼 언제나 평온한 삶을 살아왔다. 그것이 충분히 가능

한 일이라는 걸 알고 있기는 했지만, 정말로 누군가 자신에게 나쁜 짓을 하리라고는 믿지 않았었다.

그러는 사이 경호원 자리에 앉은 자가 휴대폰에 대고 큰 소리로 말하고 있었다. 꾸뻬는 그가 하는 말을 제대로 알아들을 수가 없었다. 꾸뻬가 사용하는 언어와 비슷한 언어로 말하고 있기는 했지만, 완전히 같지는 않았다. 오래전 꾸뻬의 나라 사람들이 이 나라가 자신들의 것이라고 믿었던 시대부터 있어 온 그 지역 방언이었다. 말투로 보아 그는 자신의 우두머리에게 말하고 있었고, 그 우두머리는 꾸뻬를 데려오라고 지시하고 있었다. 꾸뻬는 그것이 그렇게 나쁘지만은 않을 것이라고 생각했다. 꾸뻬의 어머니는 늘 "성인들보다는 그 위에 계신 전지전능한 신에게 이야기하는 것이 더 낫다."고 말했었다.

그러나 나중에 우두머리를 만났을 때 꾸뻬는 어머니의 말이 옳은가를 의심하지 않을 수 없었다. 그 우두머리는 덩치 큰 두 부하가 어쩔 줄 몰라하며 긴장한 목소리로 상황을 설명하는 동안 아무 말도 없이 마치 의자나 성가신 소포 꾸러미를 보듯 꾸뻬를 쳐다보았다. 두 부하는 우두머리를 몹시 무서워했다. 당연히 노상 강도들의 우두머리가 순한 사람일 리는 없었다. 그들이 도착했을 때 우두머리와 함께 식사를 하고 있던 우두머리의 두 친구도 우두머리를 무서워하긴 마찬가지였다.

그들은 커다란 저택에서 살고 있었다. 집은 매우 낡았지만 예전의 아름다움을 그대로 간직하고 있었다. 옆방에서는 아름다운 흑인 부인들이 큰 소파에 앉아 텔레비전을 보고 있었다. 그녀들

은 몸에 착 달라붙는 매력적인 드레스와 커다란 귀걸이를 하고 있었다. 꼭 미용실에서 방금 나온 것 같은 모습들이었다. 가끔씩 한 여자가 피곤한 얼굴로 일어나 문 쪽으로 걸어와서는 꾸뻬를 바라보거나 다른 사람들의 말에 귀를 기울였다. 꾸뻬는 상황이 상황이니만큼 그녀를 쳐다보지 않으려고 노력했다.

우두머리는 다른 친구들에 비해 옷차림이 고급이고, 방언이 아닌 꾸뻬가 사용하는 정확한 언어로 말했다. 마르셀이 말한 것처럼, 이곳 경찰이 무능력하기 때문에 이 나라로 넘어온 노상 강도라는 걸 알 수 있었다. 식탁에 앉아 있던 우두머리의 친구 중 한 명이 말했다.

"이 두 얼간이들 때문에 우리가 지금 난처해졌잖아!"

우두머리의 또 다른 친구가 몰인정한 시선으로 꾸뻬를 쳐다보며 윽박지르듯 말했다.

"내 얼굴을 보고 싶어?"

꾸뻬는 변명을 하기 시작했다. 그는 마리 루이즈의 가족에게 저녁 초대를 받았었다고 말했다. 자기 얼굴을 보고 싶냐고 물었던 자가 말했다.

"그게 다야?"

꾸뻬는 자신이 의사이며 무료 진료소에서 가난한 아이들을 돌보는 의사 장 미셸의 친구라고 설명했다. 정신과 의사라고는 감히 말하지 못했는데, 왜 그랬는지는 자신도 알 수 없었다. 그저 그 말이 노상 강도들의 우두머리를 화나게 할 것이라는 생각이 들었다. 그러나 꾸뻬에게는 더 이상 말할 시간이 주어지지 않았

다. 우두머리가 부하들에게 그를 데려가라고 명령했기 때문이다. 이윽고 꾸뻬는 천장에 작은 백열 전등이 매달린, 맥주 상자로 가득한 벽장에 갇힌 신세가 되었다. 죽은 쥐에게서 나는 냄새가 벽장 안에 가득했는데, 별로 좋은 냄새가 아니었다.

문이 그다지 두껍지 않았기 때문에 밖에서 오가는 대화를 어느 정도 들을 수 있었다. 강도들은 서로 의견이 일치되지 않는지 시끄럽게 싸우고 있었다. 대화를 전부 다 엿듣는 건 어려웠지만 이렇게 요약할 수 있었다. 한 사람이 몇 번이나 반복해서 말하고 있었다.

"우리가 얼마나 뜯어낼 수 있을까?"

다른 사람이 또 반복해서 말했다.

"그만 둬. 그 자는 백인이야. 백인들이 우리를 가만 내버려두지 않을 거야."

그러자 첫번째 사람이 다시 말을 받았다.

"맞아. 그 자는 백인이야. 그러니까 값어치가 있다는 거야."

이번에는 세번째 사람이 말했다.

"어쨌든 그가 우리 얼굴을 다 봤잖아."

방금 그 말을 한 자가 강도들의 우두머리라는 걸 꾸뻬는 알았다. 그러자 불행이 밀려왔다. 자신이 곧 죽게 되리라는 걸 알았기 때문이다.

꾸뻬 씨, 죽음에 대해 명상하다

꾸뻬는 살면서 죽음에 대해 생각할 기회가 많았다. 의학을 공부할 때부터 병원에서 죽어가는 사람들을 많이 봐 왔다. 하지만 그 시절에 그와 동료들은 매우 젊었고, 병원에서 죽음을 맞이하는 사람들은 대부분 그들보다 훨씬 늙은 사람들이었다. 따라서 죽음이라는 것이 다른 사람들에게나 다가오는 것이라는 인상을 받곤 했었다. 그러나 이미 이야기했듯이 아는 것과 느끼는 것, 이 두 가지는 서로 다른 것이고 그중 정말 중요한 것은 '느끼는 것'이다.

만족한 상태에서 조용히 죽음을 맞이하는 사람들을 보았었다.

여기엔 몇 가지 종류가 있었다. 병에 너무 지친 사람들은 살아 있는 것이 너무 피곤해졌으며, 삶이 거기서 끝나는 것에 만족해 했다. 또 하느님에 대한 믿음이 매우 강한 사람들은 죽음을 하나의 통로로 여겼고, 죽는 것에 대해 전혀 슬퍼하지 않았다. 그리고 이미 좋은 삶을 살았다고 생각하는 사람들은 자신의 삶이 지금 끝난다 하더라도 크게 불평하지 않았다. 분명한 건 나이가 많은 사람일수록 죽음에 대해 더 초연하다는 것이었다.

가끔씩 꾸뻬처럼 젊은 사람이 불치병에 걸리거나 사고로 중상을 입고 병원에 실려왔는데, 그들은 매일같이 여위어 갔고, 고통스러워하며 울다가 결국엔 죽고 말았다. 이때 젊은 의사들은 그 상황을 의학에 관해 더 많은 지식을 배울 수 있는 기회로 삼으려고 애를 썼지만, 그렇게 되지 않았다. 그런 죽음들은 그들에게 적지 않은 충격을 안겨 주었다.

꾸뻬가 정신 의학을 선택한 것은 그 직업이 갖고 있는 한 가지 장점 때문이었다. 정신과 의사는 죽어가는 환자를 자주 맞닥뜨리지 않는다는 것이었다.

그에 반해 다른 전공 의사들은 고통스런 일들을 자주 겪었다. 어느 날인가 치료를 받기 위해 병원에 갈 때 미리 걱정을 하지 않도록 여기서는 그 전공 분야들을 말하지는 않겠다. 꾸뻬는 그런 전문의 몇 명을 알고 있었다. 그들은 환자가 죽어가는 걸 더이상 지켜볼 수가 없어서 종종 꾸뻬에게 상담을 받으러 오곤 했기 때문이다. 꾸뻬는 그들에게 적지 않은 약들을 처방해 주고 심리요법도 병행했다.

물론 꾸뻬도 좋아하는 사람들이 세상을 떠나는 걸 본 적이 있다. 그 경우에도 그들은 꾸뻬보다 나이가 많은 사람들이었다. 정말 좋은 친구 한 명을 빼놓고는. 꾸뻬는 가끔 그 친구가 살아 있다면 지금 몇 살이 되는가와 자신들이 나눴던 대화를 떠올려 보곤 했다.

죽은 쥐 냄새가 나는 작은 벽장 안에 갇혀 있기 때문에 이 모든 것이 떠올랐을 것이다. 꾸뻬는 죽음이 그렇게 무섭지만은 않았다. 무엇인가에 대해 자주 생각을 하면 그것에 대한 두려움이 조금씩 줄어들기 때문이다.

그는 스스로에게 말했다. 만일 지금 죽는다고 해도 이미 좋은 삶을 살았다고. 그에게는 다정하고 따뜻한 어머니와 아버지가 계셨고, 좋은 친구들이 있었다. 몇 번인가 진정한 사랑도 했으며, 자신에게 열정을 주는 일을 갖고 있고, 아름다운 여행도 했다. 자신이 세상에 쓸모 있는 존재라는 느낌도 자주 받았으며, 한 번도 큰 불행에 빠진 적이 없었다. 그가 아는 많은 사람들은 물론, 이 세상에 살고 있는 대부분의 사람들보다 훨씬 더 풍족한 삶을 살아왔다. 물론 꾸뻬라는 성을 가진 남자 아이나 여자 아이를 만들지는 못했지만, 오히려 그것이 다행한 일이었다. 만일 그에게 자식들이 있었다면, 오늘로 그들은 고아가 될 것이기 때문이다.

죽음에 대한 두려움, 그것이 가장 견디기 힘든 것은 아니었다. 그보다 꾸뻬를 더 불행하게 하는 건, 다름 아닌 사랑하는 사람들에 대한 생각이었다. 다시는 그들을 못 보게 될 것이고, 그가 죽

은 것을 알면 그 사람들도 불행해질 것이기 때문이다. 클라라는 꾸뻬의 죽음을 무척 힘들게 받아들일 것이다. 꾸뻬는 아주 빠른 속도로 그녀에 대한 많은 기억들을 떠올렸다. 그녀가 웃을 때, 울 때, 말할 때, 그에게 기대어 잠잘 때의 모습들을. 자신이 그녀를 얼마나 사랑했으며, 그녀 또한 그를 얼마나 사랑했는가를 다시금 느낄 수 있었다.

그 다음에는 오랜 친구들을 생각했다. 특히 장 미셸은 자신에게 책임이 있다며 죄책감을 느낄 것이다. 꾸뻬가 그를 만나러 이 나라에 왔기 때문이다. 부모님의 고통은 훨씬 더 클 것이다. 아무리 세상에 이런 일이 자주 일어난다 해도 자식의 죽음을 겪는다는 것은 정상적인 삶의 과정이 아니기 때문이다.

꾸뻬는 그들 모두에게 남길 말을 적기 위해 수첩을 꺼냈다. 누군가 그 수첩을 발견하리라. 먼저 클라라에게, 자신이 얼마나 그녀를 사랑하는가부터 적기 시작했다. 그리고 너무 오랫동안 자기 때문에 슬퍼하지 말라고 당부했다. 그는 그녀 덕분에 아주 큰 부분에 있어 행복한 삶을 살 수 있었기 때문이다. 그 다음에는 부모님에게 남기는 글을 적었다. 부모님에게 마지막 말을 한다는 건 당연히 슬픈 일이었다. 그러나 무엇보다 죽음을 앞두고 자신이 많이 두렵지 않았다는 것을 알리고 싶었다. 부모님이 전지전능한 신을 믿고 있기 때문에, 이 메시지가 두 분의 슬픔을 덜어 줄 것이라고 생각했다.

꾸뻬는 종이 쪽지들을 와이셔츠 소매 속으로 밀어 넣었다. 강도들은 이걸 발견하지 못할 테지만, 사람들이 그의 시체를 해부

할 때는 찾을 수 있을 것이다. 꾸뻬는 시체 해부 장면을 여러 차례 봤는데, 그것 역시 죽음에 대해 사색하게 만들었다. 내부를 들여다보면 인간은 단지 물렁물렁하고 부서지기 쉬운 기관들의 덩어리에 불과했다. 영혼이 빠져 나가는 순간, 그 덩어리들은 한순간에 생명력을 잃고 부패하기 시작한다. 그것에는 더 이상 아무 의미가 없다. 죽음은 매우 찰나적인 현상이기 때문에 고통의 순간도 길지 않다. 물론 이 노상 강도들이 그의 시체를 완전히 사라져 버리게 해 영영 찾지 못하게 할 수도 있었다. 하지만 그런 경우에 대해선 생각하고 싶지 않았다.

꾸뻬는 맥주 상자 위에 앉아 기다렸다. 천장 등불 아래서 죽은 쥐 냄새를 맡고 있자니 죽음의 공포가 조금씩 다시 다가오는 것을 느꼈다. 그 공포를 없애기 위해 바깥에서오는 강도들의 말에 다시금 귀를 기울이기 시작했다. 강도들은 서로 소리치며 계속 싸우고 있었는데, 여전히 같은 이야기였다.

낙관론자는 꾸뻬가 많은 돈을 가져다줄 수 있다고 말했고, 비관론자는 많은 근심거리를 가져올 수 있다고 주장했다. 반면에 현실주의자인 우두머리는 꾸뻬를 제거하는 게 가장 좋은 방법이라고 판단했다. 비관주의자는 운전사와 경호원을 그냥 풀어 준 것에 대해 지적했다. 그들이 꾸뻬가 납치되었다는 것을 이야기하면 백인이기 때문에 당연히 흰 반바지 차림의 백인 군대가 출동해 누가 그런 짓을 했는지 수색하고 다닐 것이다. 한편 가짜 경찰복을 입고서 바리케이트를 쳤던 부하들은, 나라 안에는 그런 짓을 할 사람들이 그다지 많지 않기 때문에 군대가 그들을 지

목할 위험성이 크다고 말했다.

강도들의 대화를 들으며 꾸뻬는 아직은 기회가 있다고 판단했다. 그는 다시 작은 수첩을 꺼냈고, 곰곰히 생각을 하면서 연필 끝을 조금씩 씹기 시작했다. 그런 다음 몇 마디를 적어 문 아래로 쪽지를 밀어 보냈다. 그 순간 강도들이 대화를 멈추었다.

꾸뻬는 대체 그 쪽지에 뭐라고 적었을까. 정신과 의사들이 죽음의 위험에 처해 있을 때, 그들만이 알고 그들만이 사용할 권리가 있는 마술의 주문은 무엇일까?

꾸뻬는 종이 쪽지에 단지 이렇게 적었다.

'전부 다 걱정거리일 것이다. 우리가 함께 이야기하는 게 더 나을 것이다.'

이윽고 문이 열리고, 우두머리의 두 친구 중 한 명이 꾸뻬에게 퉁명스런 목소리로 바깥으로 나오라고 말했다. 그들은 연발 권총도 들고 있지 않았다. 그들은 이제 꾸뻬가 멍청이가 아니며, 중국 무협 영화의 주인공처럼 사방으로 뛰어다니며 발차기를 시도하지도 않으리라는 걸 눈치챈 듯했다. 계속 자리에 앉아 있던 우두머리가 꾸뻬의 쪽지를 손에 들고 말했다.

"우리가 무엇에 관해 얘기하길 바라지?"

꾸뻬는 자기가 이 나라를 방문중이었으며, 난처한 상황을 만들고 싶지 않다고 설명했다. 그러니 만일 자기를 놓아 주면 경찰에게 아무것도 얘기하지 않겠다고 말했다. 우두머리는 큰 소리로 웃으며 그런 쓸데없는 말을 듣자고 그를 벽장에서 나오게 한 건 아니라고 말했다.

꾸뻬는 경찰에게 아무것도 말하지 않을 것이며, 알프레도 씨에게조차 아무 얘기도 하지 않겠다고 말했다. 그러자 강도들은, 조금 전 차 안에서 두 부하가 그랬던 것처럼 모두 놀라 눈을 휘둥그렇게 떴다. 우두머리만 침착함을 잃지 않고 조용히 물었다.

"알프레도 씨를 아나?"

꾸뻬는 그렇다고 대답하면서 알프레도 씨뿐 아니라 심한 우울증을 앓고 있는 그의 아내까지도 잘 알고 있다고 대답했다. 그리고 자신은 정신과 의사라고 소개했다. 모두가 입을 딱 다물고 아무 말도 하지 않는 가운데, 꾸뻬의 지갑을 맡아 두고 있던 우두머리의 친구 중 한 명이 지갑 안을 들여다보더니 소리쳤다.

"정말로 정신과 의사야!"

우두머리가 소리쳤다.

"입닥쳐, 이 얼간아!"

꾸뻬는 우두머리가 몹시 고민하고 있다는 것을 잘 알 수 있었다. 만일 꾸뻬의 말이 진실이라면, 경찰에게 아무것도 말하지 않을 것이다. 알프레도와 그의 아내를 안다는 건 경찰에게 도움을 주지 않을 것이라는 걸 의미했기 때문이다. 그러나 만일 꾸뻬가 정말로 알프레도의 친구이고, 무슨 일이 있었는가를 알프레도에게 말한다면, 분명 알프레도는 이 이야길 싫어할 테고, 그러면 우두머리의 목숨은 조금 위태로워질 것이다.

꾸뻬를 지금 당장 없애 버리면, 경찰과 백인 군대가 우두머리와 그의 졸개들을 찾아 다닐것이고, 그러면 앞의 경우보다 상황이 더 나빠질 것이다. 특히 알프레도까지 그 수색에 합세할 수

있다. 만일 우두머리가 꾸뻬를 자유롭게 풀어 주고, 꾸뻬가 경찰에게 모든 것을 얘기하면 그것 역시 난처해질 것이다. 그러나 꾸뻬가 죽지 않고 살아 있다면 경찰은 이 일 때문에 괜히 피곤해질 필요가 없다고 생각하게 될 것이다. 꾸뻬의 나라에서 자동차 오디오를 도둑 맞았을 때처럼.

대개 우두머리들이란 영리하기 때문에 이 강도들의 우두머리도 이 모든 걸 내다볼 수 있고, 그래서 '꾸뻬를 풀어 주자'는 좋은 결론에 이르기를 꾸뻬는 기대했다.

우두머리는 말없이 꾸뻬를 바라보았다. 그리고 꾸뻬의 웃옷 주머니에서 삐져 나온 작은 수첩을 발견했다. 그는 부하에게 그것을 가져오게 하고는 수첩을 펼쳤다. 그의 시선이 첫번째 페이지 위로 떨어졌다.

그곳엔 이렇게 적혀 있었다.

배움1_ 행복의 첫번째 비밀은 자신을 다른 사람과 비교하지 않는 것이다.

배움2_ 행복은 때때로 뜻밖에 찾아온다.

배움3_ 많은 사람들은 자신의 행복이 오직 미래에만 있다고 생각한다.

배움4_ 많은 사람들은 더 큰 부자가 되고 더 중요한 사람이 되는 것

이 행복이라고 생각한다.

배움5_ 행복은 알려지지 않은 아름다운 산속을 걷는 것이다.

배움6_ 행복을 목표로 여기는 것은 잘못된 생각이다.

배움7_ 행복은 좋아하는 사람과 함께 있는 것이다.

배움8_ 불행은 사랑하는 사람과 헤어지는 것이다.

배움9_ 행복은 자기 가족에게 아무것도 부족한 것이 없음을 아는 것이다.

배움10_ 행복은 자신이 좋아하는 일을 하는 것이다.

배움11_ 행복은 집과 채소밭을 갖는 것이다.

배움12_ 좋지 않은 사람에 의해 통치되는 나라에서는 행복한 삶을 살기가 더욱 어렵다.

배움13_ 행복은 자신이 다른 사람들에게 쓸모가 있다고 느끼는 것이다.

배움14_ 행복이란 있는 그대로의 모습으로 사랑받는 것이다.

주목할 점_ 우리는 웃고 있는 아이에게 더 친절하다.

우두머리는 끝까지 수첩의 목록을 읽은 다음 꾸뻬를 바라보고는 이렇게 말했다.

"좋아, 이 자를 풀어 줘."

살아 있음을 축하하는 파티

꾸뻬는 또다시 비행기 안에 있었다. 하지만 이번에 그는 완전히 뒤로 누울 수 있는 편안한 의자에다 혼자만을 위한 작은 텔레비전이 있고, 미소 짓는 얼굴로 스튜어디스들이 샴페인을 계속 가져다주는, 비행기에서 가장 비싼 칸을 선택했다. 돈도 그가 전부 다 지불했다. 비록 합리적인 가격이 아니긴 했지만, 그리고 집에 돌아가면 거액이 빠져 나간 신용카드 고지서가 날아오리라는 걸 알았지만, 얼마간은 자신을 행복하게 하는 모든 것을 하겠다고 다짐했다. 삶이란 어느 한 순간에 정지될 수도 있다는 것을 깨달았기 때문이다. 물론 이 사실을 오래전부터 알고 있었지만, 아는 것과 느끼는 것은 다른 것이다.

죽은 쥐 냄새가 나는 비좁은 벽장 안에 갇혀 있던 그날 이후부터 꾸뻬는 매 순간 삶이 경이로움으로 가득 차 있음을 느꼈다. 그러나 그 느낌이 그렇게 오랫동안 지속되지 않으리라는 걸 그 자신도 알고 있었다. 그가 치료한 환자들 중에도 역시 죽을 뻔했던 사람들이 있었다. 거의 모든 사람이 죽어 나가던 포로 수용소에 갇혀 있었던 사람, 배가 침몰해 장시간 바다에 떠서 구조되기를 기다렸던 남자, 자동차 사고로 간신히 목숨을 건진 여자……. 그들은 구출된 직후 삶이 너무도 경이롭다는 걸 깨달았노라고

꾸뻬에게 말했다. 그러나 그들은 얼마 안 가 평범한 일상의 자질 구레한 사건들 속으로 다시 떨어지곤 했다. 지속적으로 반복되는 몇몇 끔찍한 기억들은 제외하고. 그리고 죽음을 가까스로 모면했던 그 순간을 잊고 다른 사람들처럼 세금 납부나 이웃집에서 텔레비전을 너무 크게 틀어 놓는다는 이유로 화를 내곤 했다.

꾸뻬는 경이로운 삶에 대한 감동이 남아 있는 동안에 그것을 맘껏 누리고 싶었다. 하마터면 죽을 뻔했던 그날 밤, 그가 강도들에게서 풀려나 마리 루이즈의 집으로 다시 돌아왔을 때, 사람들은 기쁨의 함성을 지르며 성대한 파티를 열었다. 장 미셸과 마르셀도 그곳에 왔다. 마리 루이즈는 강도들이 꾸뻬를 풀어주는 대가로 몸값을 요구하리라고 예상하고 있었기 때문에 경찰은 부르지 않았다. 경찰을 부르면 모든 것이 복잡해질 것이고, 경찰들 역시 약간의 뇌물을 원할지도 모르는 일이었다. 이 나라는 경찰들에게 월급을 많이 주지 않았기 때문이다.

강도들은 자동차와 함께 꾸뻬를 돌려 보내 주었으며, 지갑에 든 돈도 전혀 손대지 않았다. 만일의 경우를 대비해 알프레도 씨의 비위에 거슬리지 않기 위해서였다. 그래서 이 모든 이야기가 마치 없던 일처럼 되어 버려 경찰에게도, 반바지 차림의 군대에게도, 그 누구에게도 알릴 필요가 없었다.

성대한 파티가 한밤중에 시작되었다. 꾸뻬는 운전사와 경호원을 찾아갔다. 그들은 마리 루이즈와 네스토한테서 너무 야단을 맞아 수치심을 느끼며 부엌에서 기다리고 있었다. 그들은 꾸뻬에게 그때의 상황을 설명하려고 애를 썼다. 사실 자동차 안에 아

직 꾸뻬가 남아 있다고 말할 겨를도 없이 노상 강도들이 너무 빨리 달아나 버렸기 때문에, 이 모든 일들이 그들 잘못만은 아니었다. 게다가 의심할 여지 없이 그들 역시 큰 두려움에 사로잡혔을 것이다.

꾸뻬는 살아 있음을 느낄 수 있다는 게 너무도 행복해서, 운전사와 경호원뿐 아니라 모두가 기뻐하기를 바랐다. 다행히 그곳에 있던 사람들 모두가 그러했다. 밤이 깊었지만 아무도 자러 가기를 원하지 않았고, 이웃 사람들까지 잠에서 깨어 파티에 참석하기 위해 몰려왔다. 음악이 연주돼, 꾸뻬의 부모처럼 나이 든 남자와 부인들까지도 함께 춤을 추었다. 꾸뻬는 춤을 출 줄 몰랐지만, 그래도 기꺼이 추었다. 행복할 때는 자신이 서투르다고 느끼는 그런 것들은 더 이상 중요한 것이 못 된다. 또 그곳엔 마실 것들이 많이 있었다. 위스키와 갖가지 다양한 음료들, 죽음을 기다리던 벽장 안 상자에 있던 것과 같은 기막히게 맛좋은 맥주도 있었다.

꾸뻬는 맥주를 마시고 있는 네스토 곁으로 다가갔다. 그가 다시금 꾸뻬를 얼싸안았다. 음악이 너무 컸기 때문에 그는 꾸뻬의 귀에다 대고 큰 소리로 말했다.

"그래서 행복에 관한 설문 조사는 어떻게 돼 가고 있소?"

꾸뻬가 대답했다.

"그럭저럭요."

네스토가 웃으며 다시 귀에다 대고 말했다.

"여긴 불행해질 수 있는 이유들로 가득한 곳이에요. 운이 좋은

우리들한테도. 그래서 행복할 수 있는 기회가 오면, 우린 그것이 그냥 지나가도록 내버려두지 않지요! 우린 다음날 있을 문제 따위는 걱정하지 않아요. 앞으로 어떻게 될지 전혀 알 수가 없으니까요!"

비행기 안에서 꾸뻬는 다시 수첩을 꺼냈다.

배움15_ 행복은 살아 있음을 느끼는 것이다.

나쁘지는 않았지만 다른 한편으론 잘 설명이 되지 않았다. 그는 연필 끝을 씹다가 이어 이렇게 적었다.

배움16_ 행복은 살아 있음을 축하하는 파티를 여는 것이다.

중국에서의 첫날 저녁처럼 파티 여는 것을 무척 좋아하던 뱅쌍이 떠올랐다. 그리고 그 다음에 꾸뻬가 무슨 생각을 했는지는 설명할 필요가 없을 것이다. 정신과 의사가 아니라 하더라도 그 정도는 충분히 짐작할 수 있을 것이기 때문이다.

상냥한 스튜어디스가 따라주는 샴페인을 계속해서 마시며 꾸뻬는 자신이 무척 행복하다고 느꼈다. 하지만 행복에 대한 사색을 하는 데 방해될 정도로 많이 마시진 않았다. 그는 진지한 사람이었기 때문이다.

먼저 그는 이런 생각을 했다. 왜 샴페인이나 맛좋은 맥주, 또는 알프레도가 좋아하는 최고급 와인을 마시면 거의 모든 사람

들이 행복해지는 걸까? 모든 나라 사람들은 파티를 열 때나 누군가를 대접할 때면 이 음료를 내놓는다. 그렇게 하면 대화가 잘 진행되고, 사람들은 더 유쾌해져서 다들 즐거운 생각을 하게 된다. 그러나 불행하게도 너무 많이 마시면 사람들은 큰 실수를 하곤 한다. 운전을 너무 험하게 해 사고를 내는가 하면, 싸움꾼이 되기도 하고, 어떤 이들은 사랑하는 사람과 하는 일을 아무하고나 해서 심각한 병에 걸리기도 한다. 또 술을 너무 자주 그리고 너무 많이 마시는 사람들에겐 더 나쁜 결과들이 찾아온다. 그들 중 어떤 이들은 술 마시는 것을 멈출 수 없게 되고, 또 어떤 이들은 점점 더 병들어 간다. 중국에 있는 뱅쌍은 아마도 이 해로운 길에서 그리 멀리 있지 않을 것이다.

꾸뻬는 잠시 생각에 잠겼다. 만일 술을 마시는 것이 사람들을 행복하게 만든다면 술이 뇌에 영향을 미치기 때문일 것이다. 다시 말해 뇌 안에는 사람들을 행복하게 만드는 장소가 있고, 그곳은 술을 마셨을 때 더 강하게 작용하는 것이다. 꾸뻬는 행복에 관한 전문가인 대학자를 만나면 반드시 이것에 대한 질문을 해야겠다고 마음먹었다.

정신과 전문의가 처방하는 약을 통해서도 너무 슬프거나 마음이 불안한 사람들은 평정을 되찾을 수 있다. 그런데 어느 날 제약회사가 전에는 한 번도 느끼지 못했던 행복감을 주는 약을 만들어 낸다면 어떻게 될 것인가? 과연 환자들에게 이 약을 처방해도 무방할까? 꾸뻬는 그것에 대해 확신이 서지 않았다.

그는 수첩을 꺼내 적었다.

질문_ 행복은 단지 뇌의 화학적 반응에 불과한 것일까?

　깊이 생각한 것에 대한 보상을 받기 위해 꾸뻬는 스튜어디스에게 작은 신호를 보냈고, 그녀는 미소 지으며 얼른 샴페인 한 잔을 더 따라 주었다.

　이 모든 생각들을 누군가와 나누고 싶었지만, 그의 옆좌석에는 아무도 없었다. 그가 타고 있는 칸은 가격이 너무 비싸서 거의 승객이 없었기 때문이다. 옆좌석에 누군가 있었다 하더라도 팔걸이가 너무 컸기 때문에 대화를 하려면 옆으로 몸을 많이 구부려야만 했을 것이다. 이것 역시 매우 재미있는 현상이었다. 부자인 사람들에게 행복은 어떤 것을 혼자 누릴 때 얻어지는 느낌이 아닐까? 적어도 비행기 안에서는.

　한편 천 돗자리 위에 앉아 있던 작은 여자들처럼 가난한 사람들에게 있어 행복이란 친구들과 함께 있는 것이었다. 하지만 비행기 안에서는 옆좌석에 앉은 사람이 친구가 될지 그렇지 않을지 불확실하기 때문에 언제나 조심하는 것이 좋을 것이다.

　이때 한 스튜어디스가 값이 조금 싼 아래층 칸에서 동료에게 이야기를 하기 위해 올라왔다. 그녀는 약간 근심스런 표정이었다. 혹시 비행기에 어떤 문제가 생긴 것이나 아닐까? 꾸뻬는 다시 죽음에 대한 명상을 준비했다. 이번엔 지난번 벽장에 갇혀 있을 때보다 훨씬 안락했다.

　스튜어디스들 중 한 명이 앞으로 나아가 혹시 승객들 중 의사가 있는가를 물었다. 꾸뻬는 난처했다. 정신과 의사도 의사이긴

하지만, 평소에 환자들의 이야기를 듣기만 한 탓에 보통의 환자들을 익숙하게 돌보는 방법을 잊어버렸기 때문이었다.

비행기 안에 임신한 여성이 있어서 지금 막 아이를 낳으려 하기 때문에 의사를 찾는 것인지도 몰랐다. 기차나 비행기로 여행 중일 때 이런 일을 만나게 될까봐 꾸뻬는 늘 두려웠었다. 의과대학생이었을 때 그는 한 번도 산부인과에서 일한 적이 없었다. 물론 수업 시간에 그 주제에 대해 배우기는 했지만, 너무 짧게 배우고 시험 전날 하룻밤만 공부했기 때문에 금방 잊어버렸다. 게다가 수업과 현실은 전혀 같은 것이 아니었다. 이런저런 이유로 꾸뻬는 몹시 난처했다. 하지만 스튜어디스에게 손짓을 해서 자기가 의사라고 말했다.

스튜어디스는 무척 기뻐했다. 이미 다른 칸 승객들에게 물어보았지만, 의사가 한 명도 없거나 아무도 나설 마음이 없는 듯했다. 의사들이 나서기를 꺼려 하는 이유를 꾸뻬는 나중에야 알았는데, 그것에 대해선 뒤에서 이야기하겠다. 꾸뻬는 자신의 작은 낙원을 떠나 스튜어디스와 함께 이코노미 클래스로 갔다. 모든 승객이 그가 의사라는 것을 알았기 때문에 조용히 앉아서 그가 지나가는 것을 지켜보았다. 꾸뻬는 약간 걱정이 되었다. 모두가 진찰을 받겠다고 마음 먹으면 어떻게 하지?

스튜어디스는 고통스러워하는 한 여성 곁으로 그를 데리고 갔다. 꾸뻬는 일단 그녀에게 말을 건넸다. 하지만 그녀는 심한 두통에 시달리고 있었고 꾸뻬가 사용하는 언어를 전혀 몰랐기 때문에 대화가 무척 어려웠다. 반면 그녀의 영어는 독특한 액센트

가 있어서 스튜어디스와 꾸뻬 둘 다 이해하기가 힘들었다. 그녀는 술을 너무 많이 마시는 사람처럼 얼굴이 부어 있었지만 술을 마신 것 같지는 않았다. 결국 그녀는 가방에서 종이를 꺼내 꾸뻬에게 내밀었다. 그녀가 받은 수술에 대한 의사 소견서였다. 그것을 읽자 의사인 꾸뻬는 그녀의 증상을 쉽게 이해할 수 있었다.

그 여성은 여섯 달 전에 뇌수술을 받았다. 뇌 속에서 작은 싹이 자라나기 시작했고, 그 싹이 자라면서 다른 부분을 압박했다. 이것은 너무도 위험한 상황이기 때문에 의사들은 그 해로운 싹을 잘라내 버렸다. 그래서 꾸뻬는 그녀의 머리카락이 진짜가 아니라 가발임을 알았다. 그런데 여섯 달 만에 그 싹이 다시 자라기 시작했기 때문에 의사들은 그녀에게 새로운 약을 처방했다. 그 싹이 해로운 만큼 약도 독해서 그녀는 얼굴이 붓고 머리카락이 빠지기 시작했다.

꾸뻬가 수술 보고서를 읽는 동안, 여성은 그가 이 모든 증상에 대해 어떻게 생각하는가를 알려는 듯 불안한 눈빛으로 그를 바라보았다. 그러나 꾸뻬는 애써 안심한 표정을 지으며 그녀에게 말했다.

"걱정하지 말아요. 내가 몇 가지만 물어볼게요."

꾸뻬는 먼저 그녀에게 언제부터 머리가 아팠는지, 그리고 머리의 통증이 마치 심장처럼 뛰는 것인지, 아니면 치통처럼 욱씬거리며 아픈 것인지 일반 의사처럼 물었다. 그리고 스튜어디스가 갖다준 손전등으로 그녀의 눈동자를 진찰했다. 이어서 환자에게 자신의 손을 꼭 잡아 보라고 했고, 의사가 되기 위해 배운

또 다른 것들도 하게 했다. 그러자 여성은 꾸뻬가 처음 나타났을 때보다는 훨씬 덜 불안해 하는 듯했다.

질문과 간단한 테스트를 하는 동안 꾸뻬는 이 여성이 죽을지도 모른다는 염려에서 벗어났지만, 완전히 마음을 놓을 상황은 아니었다. 이때 스튜어디스가 그 여성의 여권을 보여 주었다. 꾸뻬는 1년도 되기 전에 찍은 사진 속에서, 지금 그를 바라보는 눈과 같은 눈을 가진 한 아름다운 젊은 여성을 보았다. 병이 그녀에게서 아름다움을 빼앗아 갔음을 알 수 있었다.

그는 배움14를 떠올렸다. '행복은 있는 그대로의 모습으로 사랑받는 것이다.'

그는 그녀에게 따뜻한 미소를 지어 보였다.

세상에서 정신과 의사가 가장 많은 나라

그녀의 이름은 아름답다는 뜻의 자밀라였다. 그녀는 꾸뻬보다 나이 든 사람들이 젊었을 때 여행을 가곤 했던 아름다운 나라에서 왔다. 그 시절 여자들은 치마나 커튼을 만들기 위해 그 나라에서 예쁜 천들을 사 갖고 오곤 했었다. 치마와 커튼이 아주 비슷하던 시대의 이야기다. 그 이후로 그 나라에서는 전쟁이 계속되었다. 먼저 지상 천국을 만들기를 원한 이웃의 큰 나라가 그 나라를 침공했고, 이 아름다운 나라 주민들은 그 천국 건설 계획에 동의하지 않았다. 그래서 그들은 큰 나라의 군대와 몇 년에 걸쳐 전쟁을 하게 되었다. 전쟁은 그 큰 이웃나라에겐 해로운 종양과 같은 것이었기 때문에 그 큰 나라는 매우 나쁜 상황이 되고 말았다. 그것은 모두에게 불행을 몰고 왔다. 자식을 둔 많은 엄마들이 슬픔의 눈물을 흘렸고, 큰 나라 역시 작은 나라 못지 않은 약소국이 되었다.

큰 나라가 약해진 다음에도 자밀라의 나라는 계속해서 전쟁을 해야만 했다. 그 나라에도 역시 지상 천국을 건설하겠다고 나선 사람들이 있었기 때문이다. 어떤 사람이 지상 천국을 만들 것이라고 선언하면 아주 주의해야 한다. 그들이 가져다주는 것은 언제나 지옥에 가깝기 때문이다. 그 결과 이 아름다운 나라는 더욱 가난한 나라가 되었다. 지금은 조금 나아졌고, 세계 여러 나라의 거대한 군대가 질서를 잡기 위해 그 나라에 왔기 때문에 사람들은 다시 약간의 희망을 갖게 되었다.

꾸뻬는 비행기 여행이 끝날 때까지 보살펴 주겠다고 그녀에게 약속했다. 그는 근엄한 의사의 표정을 짓고서, 스튜어디스에게 자밀라에겐 누울 자리가 필요하다고 말했다. 그러면 두통이 조금 가라앉기 때문이었다. 그녀를 보살피려면 자신의 옆자리로 데려갈 필요가 있었다. 스튜어디스는 친절한 남자 승무원에게 도움을 요청했고, 셋이서 자밀라가 비행기의 다른 칸으로 걸어가는 것을 도왔다. 자리에서 일어선 자밀라는 키가 컸지만 매우 가벼웠다.

꾸뻬의 바로 옆좌석, 거의 침대처럼 기울어지는 편안한 의자에 앉자, 그녀는 처음으로 미소를 지었고, 꾸뻬는 그녀에게서 여권 사진 속에 있던 자밀라를 발견했다. 머리가 계속 아픈가를 묻자, 그녀는 그렇다면서 두통이 계속 있다고 말했다. 하지만 이곳으로 옮겨와서 기분이 좋고, 꾸뻬에게 친절하게 대해 줘서 고맙다고 말했다. 꾸뻬는 그녀와 대화를 계속했다. 이야기를 하는 것이 그녀의 두통을 잊는 데 도움이 될 것이라고 판단했기 때문이

다. 대화를 하는 동안 그는 의사들이 하는 것처럼 그녀의 동공을 살피는 것을 잊지 않았다.

두 사람은 지금 세계에서 가장 정신과 의사가 많은 나라에 가고 있었다. 그러나 그 나라는 정신과 의사뿐 아니라 세계에서 가장 많은 수영장, 가장 많은 노벨상 수상자, 가장 많은 전략적 폭격기, 가장 많은 사과 파이, 가장 많은 컴퓨터, 가장 많은 국립공원, 가장 많은 도서관, 가장 많은 군악대, 가장 많은 연쇄 살인범, 가장 많은 신문, 가장 많은 북미산 너구리, 가장 많은 그 밖의 여러 가지 것들을 가진, 그러니까 오래전부터 가장 많은 것들을 갖고 있는 나라였다. 이 나라는 자신들의 나라에서 사는 것을 더 이상 원치 않던 사람들이 더 많은 것을 원했기 때문에, 정확히 말하자면 더 많은 자유를 원했기 때문에, 그들의 나라를 떠나 정착해 살게 된 나라였다. 따라서 이 나라에 가장 많은 것이 한 가지 있다면, 그것은 바로 자유였다.

이 대륙에 먼저 살고 있던 사람들은 인디언이라고 불리게 된 원주민들이었다. 그렇지만 그 당시는 이미 말한 것처럼, 다른 나라에서 온 사람들이 꾸뻬의 나라 사람들처럼 모든 것이 자기들 소유라고 생각하던 시대였다. 따라서 그 원주민들에게는 전혀 자유가 주어지지 않았다. 인디언들은 세상에서 자유가 가장 많은 나라에서 가장 부자유한 삶을 살게 되었다.

자밀라는 그 나라 시민과 결혼해 살고 있는 여동생 가족을 만나러 가는 중이었다. 그녀는 얼마 동안 그들과 함께 쉬면서 보낼 생각이었다.

꾸뻬는 자신에 대해 설명하면서, 행복에 관한 위대한 전문가인 한 교수를 만나러 간다고 말했다. 하지만 곧 그 말을 한 것을 후회했다. 행복은 자밀라에겐 좋은 대화 주제가 아닐지도 모른다는 생각이 들었기 때문이다. 그러나 자밀라는 미소를 지었다. 그리고 그녀에게 있어 행복은 자신의 나라가 평화롭고 잘사는 나라가 되는 것, 또한 자신의 남동생들이 컸을 때 전쟁터에 죽으러 가지 않는 것, 그녀의 또 다른 여동생에게 좋은 남편과 아이들이 생기고 그 아이들이 안심하고 학교에 갈 수 있는 것과 방학을 갖는 것, 그리고 장차 그 아이들이 커서 의사나 변호사나 숲을 지키는 사람, 또는 예술가, 아니면 아이들이 원하는 삶을 살게 되는 것이라고 말했다. 꾸뻬는 그녀가 사랑하는 사람들의 행복에 대해서만 언급했을 뿐 자기 자신의 행복에 대해서는 말하지 않았다는 점에 주목했다.

자밀라는 머리에 다시 더 심한 통증이 오고 있다고 말했다. 꾸뻬는 스튜어디스를 불러 비행기 기장과 이야기하고 싶다고 말했다. 이것은 비행기 납치범이 아니면 의사만이 할 수 있는 일이다. 잠시 후, 멋진 유니폼에 멋진 콧수염을 가진 기장이 나타났다. 비행기를 조종할 다른 사람이 기장실에 남아 있으므로 걱정할 필요는 없었다. 꾸뻬는 기장에게 상황을 설명했고, 기장은 비행기 고도를 약간 낮추면 효과가 있겠느냐고 물었다.

꾸뻬는 한번 시도해 보는 것이 좋을 것 같다고 말했다. 그것은 조종사와 의사들이 공통으로 알고 있는 점이었다. 만일 몸 안의 어떤 것이 조금 강하게 밀고 있으면, 산의 정상이나 비행기 안에

있는 것처럼 높은 곳에 있으면 안 된다. 올라가면 올라갈수록 미는 힘이 세지기 때문이다. 몸 안에서 미는 힘보다 몸 밖의 주변 공기가 미는 힘이 더 약하기 때문이다. 기압을 정상으로 유지하는 비행기 안에서도 그것은 마찬가지다. 기장은 비행기 고도를 낮추기 위해 서둘러 자리를 떴다.

자밀라는 너무 많은 폐를 끼친다며 미안해 했다. 꾸뻬는 아니라고 대답하며 기장과 함께 이야기를 나누는 것과 비행기의 고도를 낮추는 것은 평생 두 번 다시 못해 볼 재미있는 경험이라고 말했다. 그리고 다음 번에는 자밀라의 두통을 덜기 위해 기장에게 공중 회전을 부탁할 것이라고 덧붙였다. 이 말에 자밀라는 다시 미소를 지었고, 그는 여권 사진 속의 그 자밀라를 다시 만날 수 있었다.

꾸뻬는 스튜어디스에게 샴페인을 부탁했다. 샴페인이 자밀라에게 나쁜 영향을 끼치지 않기 때문이었다. 두 사람은 건배를 했고, 자밀라는 샴페인을 처음 마셔 본다고 말했다. 그녀의 나라에서는 오랫동안 샴페인이 금지된 품목이었다. 어느 나라든 독재자들은 국민들이 삶을 즐기는 것을 원치 않는다. 그녀는 샴페인을 맛보더니 놀라운 맛이라고 말했다. 꾸뻬 역시 그녀의 말에 동의했다.

꾸뻬는 마지막 배움을 기억해냈다. '행복은 살아 있음을 축하하는 파티를 여는 것이다.' 그는 자밀라 역시 이 새로운 경험에서 배움을 얻게 되기를 바랐다. 샴페인을 마시고 나서 좀더 이야기를 나누자 자밀라는 더 이상 머리가 아프지 않다고 했다. 그리

고는 평화롭게 잠이 들었다.

주변 승객들은 걱정스런 표정으로 비행기가 저공 비행하는 것을 창을 통해 지켜보았다. 스튜어디스들이 곧 안내 방송을 통해 왜 그런지를 설명했고, 승객들은 꾸뻬와 자밀라를 바라보며 안심을 했다.

꾸뻬는 잠자고 있는 자밀라 옆에서 생각에 잠겼다. 자밀라, 그녀는 자신의 죽음에 대해 자주 생각해야만 할 것이다. 그가 죽음에 대해 생각한 것은 벽장에 갇혔을 때의 아주 적은 시간 동안이었다. 하지만 그녀는 몇 달 전부터 그 벽장 안에서 살아온 것이다. 그런데도 그녀는 여전히 미소를 잃지 않고 살아가고 있었다. 그리고 자신의 나라와 가족에게 행복해질 수 있는 더 많은 기회가 있다는 게 기쁘다고 그에게 말했다.

꾸뻬는 자신의 작은 수첩을 꺼내 이렇게 적었다.

배움17_ 행복은 자기가 사랑하는 사람의 행복을 생각하는 것이다.

멋진 수염을 가진 조종사는 비행기를 아무런 흔들림 없이 안전하게 착륙시켰고, 모든 승객이 박수 갈채를 보냈다. 아마도 비행기가 높게 날지 않을 때 사람들은 걱정을 했던 것 같았다. 그랬기 때문에 안전하게 착륙을 하자 그토록 행복해 한 것이다. 평소에는 착륙이 그다지 중요한 일이 아니었을 것이다. 다시 비교에 대해 꾸뻬는 생각했다.

여행객들이 그들을 한 번씩 쳐다보며 비행기에서 나가는 동

안, 꾸뻬는 자밀라와 함께 조종사가 무전 연락을 통해 부탁한 의사를 기다렸다. 자밀라는 잠에서 깨어 있었고, 다행스럽게도 그녀의 동공은 정상적인 상태였다. 그녀는 꾸뻬의 손을 강하게 잡을 수 있었지만, 여자이고 피곤했기 때문에 그렇게 세게 잡지는 않았다.

흰 가운을 입은 두 명의 크고 뚱뚱한 남자가 자밀라를 데려가기 위해 휠체어를 끌고 도착했다. 꾸뻬는 그녀가 어떤 상태인지 그들에게 설명하고자 했다. 그러나 그들은 듣지 않았고, 먼저 자밀라에게 보험을 들었느냐고 물었다. 환자를 돌보기 전에 그녀가 돈을 지불할 수 있는가를 먼저 알고 싶어한 것이다! 더군다나 그들은 의사가 아니었다. 이 나라의 의사들은 장소 이동을 하지 않은 채 환자들이 오기만을 기다렸다. 꾸뻬는 약간 화가 났지만 자밀라가 그에게 그럴 필요가 없다고 말렸다. 다행히 그녀의 여동생이 필요한 모든 보험을 들어 놓은 상태였다. 자밀라의 여동생은 공항 안에서 기다리고 있었다. 그녀 남편의 아버지가 의사였다. 그러므로 그녀를 잘 돌봐 줄 것이기 때문에 꾸뻬는 안심하고 떠날 수 있었다.

서로의 소식을 전하기 위해 전화번호를 주고받은 뒤 꾸뻬는 그곳을 떠났다. 그는 마지막으로 고개를 돌려 두 남자 간호사 사이의 휠체어에 똑바로 앉아 있는 자밀라를 바라보았다. 그녀는 마지막으로 손을 들어 작별의 인사를 하며 미소를 지었다.

꾸뻬는 일년 내내 날씨가 화창하고 정원에는 야자나무가 있는, 바닷가 근처의 큰 도시에 도착했다. 도시는 몇몇 작은 나라

만큼이나 컸다. 하늘이 훤히 보이는 사방으로 뻗은 내부 고속도로들이 도시를 가로지르고 있었다. 비행기 창문을 통해 내려다보면서 꾸뻬는 그 도시가 마치 파란 유리 구슬들을 복잡한 무늬의 카페트에 던져 놓은 것 같다는 느낌이 들었다. 그 파란 구슬들이란 다름아닌 곳곳에 널려 있는 수영장들이었다.

꾸뻬는 공항에 마중 나온 아녜스에게 자신의 여행 이야기를 들려주었다. 그녀는 지금 꾸뻬가 비행기에서 내려다봤던 내부 고속도로 위를 차를 몰고 달리고 있었다. 하늘은 온통 푸른색이고, 더위로 인해 가물가물 흔들리고 있는 것처럼 보였다. 차 안은 에어컨을 설치해 놓았기 때문에 덥지 않았다. 꾸뻬는 아녜스가 여자치고는 추위를 많이 타지 않았었다는 것을 기억했다.

아녜스는 꾸뻬의 오랜 좋은 친구였다. 그런데 어느 날 두 사람은 헤어졌다. 사실 아녜스를 떠난 것은 꾸뻬였다. 그는 그때 너무 어렸고 다른 여자들을 만나 본 적이 없었기 때문에 그녀가 좋은 여자라는 사실을 깨닫지 못했었다. 그래서 자신과 별로 맞지도 않는 다른 여자들을 만나기 위해 아녜스를 떠난 것이다. 떠날 때조차 그는 그 사실을 잘 깨닫지 못했었다. 그것에 대해 깨달은 것은 훨씬 나중의 일이었다. 그러나 그때 아녜스는 이미 모든 것이 가장 많은 큰 나라로 떠난 뒤였고, 그곳에 사는 남자와 결혼을 했으며, 그와의 사이에 세 명의 아이를 두고 있었다. 그렇지만 아녜스와 꾸뻬는 변함없이 서로를 좋아했기 때문에 친구 사이로 남을 수 있었다.

꾸뻬가 자밀라에 대한 이야기를 하자, 아녜스는 소스라치게

놀랐다.

"너 모르지! 넌 큰일날 뻔한 거야! 이 나라에서는 사람들이 쉽게 의료 소송을 걸 수가 있어. 그리고 그들의 변호사는 엄청난 액수의 손해 보상을 요구하지. 그 비행기 안에서 네가 한 의료 행위는 이 나라에서 의료 행위를 한 것과 동일한 취급을 받아. 네가 갖고 있는 보험은 이런 일에 대해선 전혀 보상을 해주지 않을 걸. 다행히 모든 게 잘 끝나기는 했지만 말야."

꾸뻬는 자밀라가 선량한 사람이고, 의사에게 소송을 걸 그런 사람은 아니라고 설명했다. 그렇게 말하면서 꾸뻬는 비행기 안에서 왜 자기가 승무원들이 찾아낸 단 한 명의 의사였는가를 이해할 수 있었다. 분명 다른 의사들은 나중에 변호사를 만나게 되는 것이 두려웠던 것임에 틀림없었다. 그들은 마치 질문 받는 것을 원하지 않을 때 다른 곳을 바라보는 사람들처럼 행동한 것이다.

꾸뻬는 변호사들에 대해 잘 알고 있었다. 그들을 두려워한 적은 한 번도 없었다. 그가 보기에 그들은 저녁 식사 때 말을 너무 많이 하는 단지 피곤한 사람들일 뿐이었다. 그러나 아네스는 이 나라의 변호사들은 매우 위험한 존재들이고 뱅쌍만큼이나 돈을 잘 번다고 말했다. 아네스 역시 뱅쌍을 알고 있었다. 뱅쌍은 한때 그녀를 잠깐 사랑했었다. 그러나 그 시기에 아네스는 꾸뻬를 사랑했었다. 사랑이란 건 이처럼 복잡한 것이다.

아네스의 집은 매우 아름다웠다. 잔디밭과 야자나무 그리고 강낭콩 모양의 수영장이 있었다. 아네스의 남편 제이크 역시 괜찮은 사람이었다. 운동 선수처럼 체격이 다부지고, 하루를 5킬로

미터씩 뛰는 것으로 시작하는 습관을 갖고 있었다. 매일 저녁마다 다음날 아침에 함께 달리기를 하러 가지 않겠느냐고 묻는 것 말고는 꾸뻬에게 매우 친절했다. 그는 하루를 매일 5킬로미터씩 뛰는 것으로 시작하기 때문이었다. 아침 6시에 달리기를 할 때, 꾸뻬는 달리고 싶은 마음이 전혀 없었고 그저 계속 꿈을 꾸고 싶을 뿐이었다. 정신과 의사들에게 꿈이란 매우 중요한 것이기 때문이다.

제이크가 뛰고 있는 사이에 아녜스는 아이들을 학교에 데려다 주기 전에 아침을 준비했고, 꾸뻬는 잉리에 대한 꿈을 꾸었다. 그렇지만 가끔씩은 꿈속 장면들이 뒤섞여 있었다. 비행기에서 아팠던 자밀라의 자리에 잉리가 앉아 있었고, 그는 그의 손을 꽉 잡고 있는 잉리를 구출하기 위해 필사적으로 노력했다.

숫자를 사랑하는 사람

제이크와 아녜스의 집은 작은 나라처럼 큰 이 도시의 바닷가 근처 아름다운 곳에 위치해 있었다. 아침에 꾸뻬는 가로수 길과 목조로 지어진 예쁜 집들, 그리고 몇몇 오래된 집들을 따라 산책을 했다. 이 도시에서 오래된 것이라고 하는 건 정말로 오래된 것이 아니고 고작해야 할머니 정도의 나이를 말하는 것이다. 해안 절벽에 걸쳐져 있는 작은 계단을 걸어내려가니 드넓게 펼쳐진 흰 모래사장이 나타났다. 꾸뻬는 모래사장을 가로질러 가서 차가운 바닷물에 발을 담갔다. 발을 물속에 담그고 온통 푸른 수평선을 바라보고 있자니, 이 바다가 중국까지 이어진다는 사실이 떠올랐다. 그의 발목을 적시고 있는 이 작은 물결은 아마도 그가 잉리를 만난 그 도시까지 갈 것이다.

그런데 이상한 점은 이렇게 멋진 해변에 사람들이 많지 않다는 것이었다. 게다가 꾸뻬나 아녜스, 제이크 같은 사람들은 훨씬 적었다. 대부분이 아이들을 여럿 데리고 온 피부색 짙은 가난한 사람들이나 젊은 흑인들이었다. 이 나라의 부유한 사람들은 제이크나 아녜스처럼 일을 너무 많이 하기 때문에 해변에 나올 시간이 없거나, 자신들의 집에 있는 수영장이나 자쿠지의 깨끗한 물을 더 선호하거나, 아니면 가난한 사람들과 섞여 노는 것을 원

치 않는다는 느낌이 들었다. 물론 그것은 다른 나라에서도 마찬가지였다.

도시 북쪽 더 먼 곳에는 부자들과 영화배우들의 집이 한데 몰려 있는 해변이 있었다. 그러나 그곳에선 구석진 곳을 제외하고는 외부인은 해변을 걸을 권리가 없었다. 이 나라에서는 해변이라 하더라도, 돈만 있으면 살 수 있기 때문이었다. 그래서 가난한 사람들은 주로 이 큰 해변에 모여들었다. 돈을 지불하지 않아도 되고, 배구를 하거나, 맥주를 마시거나, 여자들을 유혹하며 즐겁게 보낼 수 있었다. 그들은 마냥 행복해 보였다. 이 해변에서는 아름다운 저택과 멋진 자동차, 그리고 비싼 변호사를 갖고 있는, 자신들보다 더 부자인 사람들을 잊을 수 있었기 때문이다.

꾸뻬는 선글라스를 쓰고서 수첩에 적었다.

배움18_ 태양과 바다, 이것은 모든 사람들에게 행복을 가져다준다.

만일 어느 날 진짜로 가난해지면, 바닷가 근처 햇볕 잘 드는 도시나, 자신이 덜 가난하다고 느껴지는 가난한 나라로 은신처를 찾아가야겠다고 꾸뻬는 생각했다. 배움1이 떠올랐다. '행복의 첫번째 비밀은 자신을 다른 사람과 비교하지 않는 것이다.'

행복에 대해 쓴 자신의 목록을 다시 읽어 보면서 꾸뻬는 조금씩 결론에 다다르고 있음을 느꼈다. 모험에 찬 이 여행은 행복에 대해 깊이 사색하게 만들었다. 그가 발견한 배움 하나하나는 실

제와 일치하는 것들이었다. 이것은 그가 나름대로 행복의 비밀들을 발견했으며, 자신이 적어 놓은 그 배움의 목록들을 누군가에게 보여 줄 시간이 되었음을 의미했다. 지금까지는 단 한 사람만이 그 목록을 다 읽었다. 그는 바로 노상 강도들의 우두머리였다. 그러나 그는 그것을 읽고 어떻게 생각하는가를 꾸뻬에게 말해 주지 않았다.

저녁에 꾸뻬는 제이크와 아녜스, 그들의 아이들과 함께 식사를 했다. 아빠와 엄마, 그리고 두 명의 남자 아이와 딸 한 명이 있는 나무랄 데 없는 가정이었다. 그것은 행복을 구성하는 좋은 기준처럼 보였다. 문제는 아이들이 식탁에 오래 앉아 있지 않았다는 것이었다. 아이들은 정원에서 놀다가 과자를 먹기 위해 다시 돌아왔고, 그러다가는 텔레비전을 보거나 컴퓨터 게임을 하러 금방 자기들 방으로 올라가 버렸다.

아이들이 좀더 오랫동안 식탁에 앉아 있기를 바라는 아녜스는 화가 나 보였지만, 제이크는 그다지 신경 쓰지 않았다. 그는 꾸뻬에게 자신이 하는 일에 대해 이야기했다. 제이크는 단지 운동을 잘하는 사람만이 아니었다. 계산에도 무척 강했다. 굉장히 복잡한 것들도 계산을 아주 잘했다. 사실 그는 계산을 계산하고, 또 그것을 계산했으며, 계산에 덜 강한 사람들은 컴퓨터를 작동시키거나 유전자 암호를 풀기 위해 그의 계산법을 사용했다. 여기서 유전자 암호에 대해 설명하진 않겠다. 설명을 시작하면 너무 길어지기 때문에 오히려 사전을 찾아보는 게 나을 것이다. 한마디로 제이크는 계산을 무척 좋아했다. 휴식을 취하기 위해 큰

일간지에 들어갈 재미있는 계산 문제를 만들곤 했다. 답을 찾지 못하면 머리가 나쁘거나 바보가 된 듯한 느낌이 드는 그런 계산 문제를.

아네스가 제이크에게 말했다.

"아이들에게 식탁에 남아 있으라고 당신이 가르쳐야지!"

제이크가 대답했다.

"애들은 그럴 마음이 없어."

"당연히 그러고 싶지 않겠지. 애들은 당신이 상관하지 않는다고 생각한다구."

"난 특별히 상관하지 않는 게 아니야. 그저 내 저녁 식사를 아이들과 말다툼하며 먹고 싶지 않을 뿐이지."

'내 저녁 식사.' 꾸뻬는 그가 '우리의' 저녁 식사라고 말하길 바랐다. 가족 전체의 저녁 식사.

제이크가 계속해서 말했다.

"아이들은 식탁에 앉아 있는 걸 지루해 해. 나도 어렸을 때 그랬는걸."

아네스가 되받아쳤다.

"지금 당신 어머니의 저녁 식사를 말하는 게 아니라구. 당신 어머니는 진정한 저녁 식사를 했었어? 자기 자식들과 함께?"

"아, 알았어. 난 저녁 식사에 대해 별로 좋은 추억을 갖고 있지 않아. 매일 저녁 엄마의 푸념을 들어야 했거든!"

그 말에 아네스가 흥분했다.

"당신, 지금 나에 대해 얘기하는 거야? 내가 푸념을 늘어 놓아

당신을 피곤하게 한다는 거야?"

"아니야. 하지만 이런 대화가 너무 자주 반복되는 건 사실이잖아."

"그래? 만일 당신이 아이들에게 좀더 권위 있게 한다면 나도 이런 얘길 반복하지 않을 거야."

"아이들이 나쁜 짓을 하는 게 아니잖아, 단지 놀고 있을 뿐이라구."

"아이들은 말도 안 되는 시트콤 드라마를 보고 있다구! 부모와 대화하는 대신에."

"저녁 식사 말고도 다른 시간이 있잖아."

"어떤 시간? 당신은 하루 종일 일을 하잖아. 아이들과 가장 많이 시간을 보내는 건 당신이 아니라 나라구."

"그것 봐. 애들이 엄마하고는 대화를 하잖아."

"부모라는 건 아빠하고 엄마를 말하는 거야. 설령 당신이 그걸 중요하게 생각하지 않아도 말야."

"우리 아버진 내가 어렸을 때 집을 나가 버리셨어."

"그것 봐. 그 결과가 이거라구. 당신은 아이들을 보살피는 것을 배울 모델이 없었던 거야."

"맞아. 하지만 아내의 불평에 못 이긴 나머지 줄행랑을 쳐버린 한 남자의 모델은 있지."

꾸뻬는 마음이 편안하지 않았다. 이 광경을 보니 자신의 진료실에서 한 남자와 아내가 싸우던 순간이 떠올랐다. 그러나 지금 이곳은 정신과 의사의 진료실이 아니었다. 그들은 친구였고, 게

다가 이 일이 그들의 훌륭하게 꾸민 주방에서 일어나고 있었다.

제이크와 아녜스는 꾸뻬가 불편해 하는 것을 눈치채고는 미안하다고 말했다. 그리고 평범한 대화로 돌아오려고 노력했다. 꾸뻬는 그들에게 자신의 여행 목적과 그가 이미 발견한 배움들에 대해 이야기했다. 제이크는 잠시 골똘히 생각에 빠졌다. 그리고는 아마 행복을 계산할 수 있을지도 모른다고 말했다.

아녜스와 꾸뻬가 동시에 물었다.

"행복을 계산한다고?"

"그래. 만일 행복이 여러 요소에 달려 있다면 말야. 건강, 친구들, 마음에 드는 직업 등 이 모든 요소들을 하나의 서식 안에 모을 수 있을 거야. 각각의 테마가 다른 지수를 가질 테고, 마지막엔 하나의 결과를 얻게 되는 거지. 한 개인의 행복률. 아니면 한 개인의 행복 지수. 맞아, HQ!"

꾸뻬는 수첩을 꺼내 자신의 목록을 제이크와 아녜스에게 보여주었다. 세 사람은 곰곰이 생각하면서 각각의 배움에 해당하는 단어를 찾아보았다. 어떤 것들은 그렇게 어렵지 않았다. 예를 들어 '배움7 ─ 행복은 좋아하는 사람과 함께 있는 것이다'에 대해 이렇게 적을 수 있었다. '사랑/우정'. '배움8 ─ 불행은 사랑하는 사람과 헤어지는 것이다'에 대해선 '고독/고립', '배움4 ─ 많은 사람들은 더 큰 부자가 되고 더 중요한 사람이 되는 것이 행복이라고 생각한다'에 대해선 '사회적 위치' 또는 '경제적 여유'라고 적을 수 있었다. 그러나 '배움6 ─ 행복을 목표로 여기는 것은 잘못된 생각이다.'에 대해선 제이크가 신문에 기고하는

문제들처럼 정확한 단어를 찾을 수 없었다.

결국, 그들은 하나의 목록에 도달했다.

사랑받는다, 경제적 여유, 스스로 쓸모 있다는 생각.

우정, 건강, 사회적 신분, 좋아하는 일.

파티를 여는 것, 자기가 좋아하는 사람의 행복, 고요함.

그들은 더 이상 다른 단어들을 찾지 못했다. 제이크가 문득 아네스를 바라보더니 한 마디 덧붙였다. '결혼.' 그러자 아네스의 눈이 조금 젖어들었다.

다음날 꾸뻬는 아네스가 일하는 곳에 함께 가기 위해 아침 일찍 일어났다. 이번에는 내부 고속도로를 타지 않았다. 그 시간엔 차가 밀리기 때문이었다. 집과 상점들의 거리를 통과해 가는 것은 이 도시가 어떤 모습인지 잘 살펴볼 수 있는 좋은 방법이었다. 이 도시는 그가 지금까지 여행한 어떤 도시와도 닮지 않았다. 건축가들이 마치 모든 형태의 집짓기를 시도하기라도 한 듯, 온통 하얀색으로 된 아름다운 스페인 스타일, 벽돌과 작은 타일로 지은 영국 스타일, 티크 목재로 지은 바닷가 스타일, 오스트리아의 통나무 스타일, 유리로 뒤덮인 현대식 주택 등 온갖 형태의 집들이 길가에 줄지어 늘어서 있었다.

또 다른 장소에는 거대한 외곽도시처럼 대형 슈퍼마켓과 창고, 널찍한 주차장, 주유소 등이 있었다. 정장 차림의 사람들로 가득 찬 현대식 건물들이 늘어선 동네도 있었다. 그들은 날씨가 늘 화창하고 무더운데도 불구하고 정장을 입고 다녔다. 또한 도시 전체에 석유를 퍼올리는 유정이 있고, 드넓게 펼쳐진 채소밭,

흑인들이 길거리 농구를 하고 있는 지역들도 있었다.

차 안에서 꾸뻬는 아네스에게 행복하냐고 물었다.

아네스가 말했다.

"네가 나에게 그 질문을 할 줄 알았어. 그래서 어제 저녁부터 생각해 봤어. 난 내가 행복하다고 생각해. 좋아하는 직업을 갖고 있고, 사랑하는 남편이 있고, 행복한 아이들이 있어. 결국 모든 게 내가 원하던 것들이지. 내 행복에 있어 단 한 가지 먹구름 같은 것이 있다면, 모든 게 잘 되고 있다고 생각해도 그것이 언제까지나 지속되지 않을 것이고, 그리고 언젠가는 그것들이 덜 좋아질 수도 있다는 거야."

꾸뻬가 물었다.

"방금 '난 내가 행복하다고 생각해'라고 말했니? 무슨 근거로 그렇게 생각하는 거야? 다른 사람들과 너를 비교해서?"

"그렇지만은 않아. 우린 다른 사람들이 자신의 행복이나 불행에 대해 어떻게 느끼고 있는지 전혀 몰라. 사실 난 과거의 나와 현재의 나 자신을 비교해! 내 삶의 다른 시기들에 대해 생각해 보는 거지, 그러면 난 내가 지금처럼 행복했던 적은 없었던 것 같아."

자신과 스스로를 비교하는 이 관점이 매우 흥미롭게 들렸다. 비교는 분명 행복을 망가뜨리는 것(배움1)이지만, 자신이 과거에 비해 지금 더 행복한가에 대해 스스로 생각해 보는 것은 도움이 될 수도 있었다. 꾸뻬는 잠시 말없이 생각에 잠겨 있었고, 아네스가 계속해서 말했다.

"물론 모든 날들이 언제나 장밋빛인 건 아니야. 너도 봤잖아, 아이들 때문에 우리가 말다툼하는 걸. 하지만 내 생각엔 그런 게 부모가 된 사람들의 평범한 삶이야."

꾸뻬는 아이를 갖는 것이 더 많은 행복을 가져다주느냐고 물었다. 아네스는 그것이 많은 행복의 순간들을 가져다주기도 하지만, 적지 않은 근심이 생길 뿐 아니라 아이들에게 모든 시간과 관심을 쏟아야 한다고 말했다. 그리고 몇 년 전부터는 늦잠을 자는 게 끝나 버렸다고 했다. 그녀는 또한 늘 아이들의 미래에 대해 걱정을 했다. 이 나라의 아이들은 점점 제정신을 잃어가고 있기 때문이었다. 꾸뻬는 자신의 나라에도 마찬가지로 이상해져 가는 아이들이 있다고 말했다. 아네스가 살고 있는 나라가 모든 것이 가장 많은 나라이기 때문에 당연히 미쳐 가는 아이들도 좀 더 많았다.

아네스가 말했다.

"그래서 내가 어제 저녁에 투덜거린 거야. 난 내 아이들이 텔레비전과 전자오락에 의존해서 자라는 걸 원치 않아. 그런데 이건 부자 나라의 아이들에게만 일어나고 있는 게 아니라 가난한 나라도 마찬가지야. 사람들은 대기 오염에 대해서는 관심을 쏟지만, 아이들의 정신 오염에는 관심이 없어."

아네스는 계속해서 말했다. 이것이 그녀에겐 중요한 주제였기 때문이다. 그녀는 대학의 연구소에 몸담고 있으면서 그 문제에 대한 연구를 해왔다. 아이들에게 인형을 때리는 남자가 나오는 영화를 보여 준 뒤, 아이들끼리 함께 놀도록 한 공간에 내버려두

었다. 그리고는 아이들이 서로 때리는 횟수를 세어 보았다. 다행히 아이들이 어렸기 때문에 세게 때릴 수는 없었다. 그런데 아이들은 영화를 보기 전보다 본 다음에 때리는 법을 더 잘 알고 있었다. 아이들은 모방을 통해 배우기 때문이라고 아녜스는 설명했다. 결국 친절한 엄마와 아빠를 두었다면, 그 아이는 더 친절한 인간이 될 수 있는 것이다.

아녜스는 정신과 의사는 아니었지만 심리학자였다. 심리학자는 사람들이 무슨 생각을 하는지, 왜 미치는지, 아이들이 어떻게 교훈을 얻는지, 왜 어떤 아이들은 그 교훈에 도달하지 못하는지, 왜 아이들이 학교 친구를 때리는지에 관해 연구하는 사람들이다. 정신과 의사와 달리 그들은 약을 처방할 자격은 없지만, 상자 안에서 마음에 드는 그림을 골라내거나, 도미노 놀이를 하면서 계산을 하거나, 또는 잉크 자국 하나를 갖고 무슨 생각을 하는지를 말하는 등의 테스트를 실시할 자격이 있었다. 그런 실험들을 통해 그들은 인간의 마음이 어떻게 기능하는지를 조금씩 알아낸다. 마음에 대해 모든 것을 다 이해하지는 못하지만, 어떻게든 그것을 설명하려고 시도하는 것이다.

꾸뻬는 아녜스에게 아이들에 대한 연구를 하는 것이 행복한가를 물었다. 아녜스가 그렇다고 대답했다. 그녀 역시 자신이 다른 이들에게 쓸모가 있다고 느꼈기 때문이다. 배움13을 꾸뻬는 떠올렸다. '배움13 ─ 행복은 자신이 다른 사람들에게 쓸모가 있다고 느끼는 것이다.'

그들은 아녜스와 제이크가 일하는 대학에 도착했다. 그 두 사

람이 만난 곳이 바로 그곳이었다. 그 대학은 무척 흥미로운 건축 양식을 하고 있었다. 그곳에 처음 온 사람들은 대학이 지어진 연대를 중세 시대쯤으로 착각할 정도였다. 오래된 양식의 아름다운 건물이 작은 종탑들과 기둥들, 그리고 석상들과 함께 서 있었으며, 사방에 널찍한 잔디밭이 있었다. 사실 그 대학의 역사는 늙은 부인의 나이 정도밖에 되지 않았지만, 그곳 사람들은 꾸뻬의 나라를 비롯한 다른 나라의 대학들보다 더 아름다운 대학을 갖고 싶어했다. 그래서 오래된 나라에 있는 대학의 모양을 본땄고, '새로운 중세' 스타일을 발명한 것이다. 정말이지 가장 많은 것을 갖고 있는 나라만이 할 수 있는 일이었다. 다양한 인종의 학생들이 잔디밭 위를 걷고 있었다. 그중에는 반바지 차림의 몇몇 귀여운 중국 여학생들도 있었다. 하지만 꾸뻬는 정신을 집중하려고 애썼다. 꾸뻬가 그곳에 온 이유는 중요한 일을 하기 위해서였다.

그곳에서 행복에 관한 세계적인 전문가이자 훌륭한 교수가 일하고 있었다. 그는 수년 전부터 행복에 관해 연구해 왔으며, 그것을 알리기 위해 여러 회의에도 참석했다. 그의 이름은 널리 알려져 있었다. 텔레비전에 나올 정도로 유명한 건 아니었지만, 행복에 관한 전문가들 사이에서는 모르는 이가 없었다. 아네스도 그를 잘 알고 있었다. 사실 그는 아네스의 연구 지도 교수였다. 그래서 아네스가 그에게 꾸뻬에 대해 이야기했고, 이 훌륭한 학자는 꾸뻬와 대화를 나누기로 약속했다. 그렇게 해서 꾸뻬는 자신이 적은 행복에 관한 목록을 그에게 보일 수 있게 되었다.

꾸뻬는 칠판 앞으로 걸어가는 학생처럼 약간 겁이 났다. 행복의 비밀들을 수첩에 적을 때와, 어제 저녁 아네스 부부와 다시 읽을 때만 해도 매우 흥미로워 보였는데, 막상 훌륭한 학자에게 보이려고 하자 그것들이 아무것도 아닌 것처럼 느껴졌다. 꾸뻬가 그 점을 아네스에게 이야기하자, 그녀는 그렇지 않다면서 그 배움들 속에는 삶의 무게가 담겨 있다고 말했다.

"꾸뻬, 네가 발견한 것들의 가치는 결코 연구소의 실험 결과들 못지 않아."

꾸뻬는 그녀가 정말로 좋은 여자이며, 자신이 그녀를 떠났던 것이 다시금 후회되었다. 젊었을 때 사람들은 가끔씩 바보처럼 행동할 때가 있는 것이다.

현재의 삶과 자신이 원하는 삶의 차이

위대한 교수는 키가 아주 작았지만 그 대신 코가 무척 컸고, 새의 깃털처럼 머리 위로 흰 머리카락 뭉치가 세워져 있었다. 그는 말을 할 때 큰 소리로 말하고, 가끔씩 "그렇지요, 그렇지요?" 하며 꾸뻬를 쳐다보았다. 마치 꾸뻬가 "네, 물론이죠." 하고 대답하기를 기다리는 것처럼. 하지만 그는 꾸뻬가 말할 시간을 주지도 않은 채 자신의 이야기로 되돌아가곤 했다.

교수가 말했다.

"행복이라, 그것에 대해 정의를 내리려고 시도하다가는 머리가 깨질 겁니다. 행복은 기쁨인가요? 아니라고 말할 수 있지요. 기쁨, 이것은 단순한 감정이고 그리 오래 가지 못합니다. 단지 순간의 행복일 뿐이지요. 주의하세요. 그 순간을 언제까지나 붙잡고 있을 수만 있다면야 좋겠지요. 그렇지요, 그렇지요? 그러면, 쾌락은? 아, 그래요! 모든 사람이 그게 무엇인지 알고 있지만, 그것도 분명히 오래 가진 않아요. 그렇다면 행복이란 작은 기쁨들과 작은 쾌락들의 합계가 아닐까요? 그렇지요, 그렇지요? 내 동료 학자들은 '주관적인 행복'이라는 용어에 동의합니다. 물론 당신도 그 개념에 대해선 벌써 알 겁니다! 그렇지요, 그렇지요?"

꾸뻬는 교수가 공간을 최대한 점유하길 원하는 사람처럼 이리저리 왔다갔다하며 말하는 걸 보고는 이상하다는 생각이 들었다. 하지만 매우 박식한 학자인 듯했다. 마침내 꾸뻬는 교수에게 자신이 작성한 행복에 대한 목록을 보여 주었다.

교수는 작은 안경을 끼면서 말했다.

"아, 네, 아네스에게 들었어요. 아주 좋은 여자지요. 그렇지요, 그렇지요? 난 많은 제자들이 있지만, 아네스는 정말로 총명해요. 그리고 매력적이고……."

교수가 목록을 읽는 동안, 꾸뻬는 그가 자기를 진정한 지성이 결여된 사람, 아니면 오히려 진짜 순진한 사람, 또는 어리석은 바보로 여기게 될지도 모른다고 생각했다. 그래서 좀 떨리긴 했지만, 죽음을 가까스로 모면했을 때를 떠올리고는 "그렇지요, 그렇지요?" 하고 말하는 교수 앞에서 두려움을 가질 필요가 없다고 스스로 다짐했다. 교수는 진지하게 꾸뻬의 목록을 읽었다. 꾸뻬는 전날 저녁에 원본을 다시 깨끗하게 베껴 적었다.

배움1_ 행복의 첫번째 비밀은 자신을 다른 사람과 비교하지 않는 것이다.

배움2_ 행복은 때때로 뜻밖에 찾아온다.

배움3_ 많은 사람들은 자신의 행복이 오직 미래에만 있다고 생각한다.

배움4_ 많은 사람들은 더 큰 부자가 되고 더 중요한 사람이 되는 것이 행복이라고 생각한다.

배움5_ 행복은 알려지지 않은 아름다운 산속을 걷는 것이다.

배움6_ 행복을 목표로 여기는 것은 잘못된 생각이다.

배움7_ 행복은 좋아하는 사람과 함께 있는 것이다.

배움8_ 불행은 사랑하는 사람과 헤어지는 것이다.

배움9_ 행복은 자기 가족에게 아무것도 부족한 것이 없음을 아는 것이다.

배움10_ 행복은 자신이 좋아하는 일을 하는 것이다.

배움11_ 행복은 집과 채소밭을 갖는 것이다.

배움12_ 좋지 않은 사람에 의해 통치되는 나라에서는 행복한 삶을 살기가 더욱 어렵다.

배움13_ 행복은 자신이 다른 사람들에게 쓸모가 있다고 느끼는 것이다.

배움14_ 행복이란 있는 그대로의 모습으로 사랑받는 것이다.

배움15_ 행복은 살아 있음을 느끼는 것이다.

배움16_ 행복은 살아 있음을 축하하는 파티를 여는 것이다.

배움17_ 행복은 사랑하는 사람의 행복을 생각하는 것이다.

배움18_ 태양과 바다, 이것은 모든 사람들에게 행복을 가져다 준다.

교수가 목록을 읽으면서 혼자 웃자, 꾸뻬는 쥐구멍이라도 찾고 싶었다. 하지만 스스로 용기를 갖기 위해 한 가지 배움을 생각해 냈다.

'행복은 다른 사람의 의견을 너무 중요하게 생각하지 않는 것이다.'

이것은 아마도 배움19의 자리를 차지할 수 있는 좋은 교훈이 될 것이다.

교수는 목록과 꾸뻬를 번갈아 보았다.

"이거 대단히 흥미로운데요. 당신은 행복에 관한 거의 모든 것을 적는 데 성공했어요!"

꾸뻬가 물었다.

"무엇을 다 적었다는 거죠?"

"행복을 결정하는 모든 요소들 말이오. 학자들이 연구하는 것이 바로 이런 것들이에요. 당신의 방법은 결코 어리석지 않아요!"

꾸뻬가 놀라서 물었다.

"내가 적어 놓은 이 모든 배움들이 괜찮다는 말씀이신가요?"

"그래요, 어느 정도는. 당신이 적어 놓은 각각의 배움들에 대해 난 적어도 스무 가지가 넘는 연구 주제들을 발견할 수가 있어요. 이를테면…… 당신이 여기에 적어 놓았듯이 우리의 행복은 비교하는 것들에 좌우되지요. 배움1이 말하는 것처럼 말예요. 자, 당신에게 세 가지 질문을 하겠어요. 먼저, 현재의 당신의 삶과 당신이 원하는 삶의 차이에 대해 생각해 보길 바래요."

꾸뻬는 잠시 그것에 대해 생각했다. 그리고는 자신이 지금의 삶에 충분히 만족하며, 앞으로의 삶도 이와 같이 지속되기를 원한다고 말했다. 그리고는 문득 클라라를 생각하고는 한 마디 덧붙였다.

"사랑하는 사람과 안정된 삶을 이룰 수만 있다면 더 좋겠지만요."

그 말에 교수는 깊은 한숨을 쉬었다. 마치 "아, 가엾은 우리들……." 하고 말하는 것처럼. 그리고는 꾸뻬가 생각해야 할 두 번째 차이에 대해 질문을 했다. 현재의 삶과 과거에 최고로 좋았던 시기의 차이를.

꾸뻬는 젊었을 때의 좋은 추억을 갖고는 있지만, 그가 느끼기엔 지금의 삶이 더 흥미롭다고 말했다. 문득 아네스가 한 말이

떠올랐다. 그녀 역시 지금의 자신이 과거의 자신에 비해 더 행복하다고 말했다. 비행기에서 만난 비비엥은 약간 반대 입장이었다. 그는 퍼스트 클래스로 여행한 적이 있었으며, 비즈니스 클래스가 그것만 못하다고 불평했다.

교수가 말했다.

"세번째 질문, 세번째 차이. 이번에는 다른 사람들이 갖고 있는 것과 당신이 갖고 있는 것들의 차이에 대해 생각해 보세요."

꾸뻬는 이 질문에 깊은 흥미를 느꼈다. 그가 사는 나라의 가난한 사람들은 전세계 다른 나라의 사람들에 비해 상대적으로 더 부자였다. 하지만 그런 사실이 그들을 행복하게 하지는 않았다. 왜냐하면 같은 나라에 사는, 그들보다 더 부자인 사람들이 화려하고 고급스런 생활을 하는 것을 늘 보고 있기 때문이었다. 게다가 텔레비전 광고가 늘 그런 빈부 차이를 떠올리게 만들었다. 많이 갖지 못하는 것, 다른 사람들보다 덜 갖는 것, 그것은 마치 반에서 꼴찌를 하는 것과 비슷한 느낌을 주고, 그 느낌이 그들을 불행하게 만들었다. 가장 많은 것을 가진 나라의 가난한 사람들이 바닷가를 좋아하는 이유가 거기에 있었다. 바닷가에서는 거의 벌거벗고 있기 때문에 모든 사람이 다 똑같다. 이것은 다른 나라의 경우도 마찬가지다. 반대로 부자인 사람들은 자신들이 다른 사람들보다 많이 갖고 있다는 것을 보여 주고 싶어했다. 가장 대표적인 예가 별로 쓸모도 없는 아주 비싼 고급 승용차를 타고 다니는 것이다.

그러나 꾸뻬는 남과의 비교 때문에 고통받지는 않았다. 우선

그는 자신이 원하는 대부분의 것들을 갖고 있는 사람들 편에 속하기 때문이었다. 고등학교 시절, 그는 여자들과 잘 사귀는 친구들이나, 체육 시간에 자신보다 운동을 더 잘하는 아이들과 자기를 비교했다. 그것 때문에 그는 가끔씩 기분이 상하곤 했다. 그 이후로 꾸뻬 자신도 여자들과 조금 사귈 수 있게 되고 체육 시간에도 운동을 제법 할 줄 알게 되었기 때문에 그런 열등감은 곧 사라졌다.

어쨌든 그 모든 것들은 정신과 의사가 되고 나서는 그다지 중요한 것이 못 되었다. 동시에 그는 다른 사람들과 자신을 그렇게 많이는 비교하지 않게 되었다. 자신보다 더 부자이거나 더 유명한 사람들을 알고 있었지만, 그들이 자기보다 더 행복하다는 느낌은 들지 않았다. 그 증거로, 그들 중 어떤 이들은 자신의 삶을 한탄하러 그를 찾아오기도 했다. 심지어 자살을 시도한 사람도 있었다. 그래서 꾸뻬는 부자가 되거나 유명한 사람이 되는 것에 개의치 않게 되었다. 반면에 그의 친구 뱅쌍은 자기보다 더 부자인 사람들과 자신을 자주 비교했다. 하지만 그건 사업가들에게 있어선 흔한 일이었다. 그들은 항상 경쟁을 해야만 하기 때문이었다.

교수가 말했다.

"좋아요. 내가 판단하기에 당신은 행복한 것이 틀림없어요. 그렇지요, 그렇지요? 이 세 가지 차이의 평균을 내는 법을 밝혀낸 내 동료 학자가 있는데, 자신이 갖고 있는 것과 갖기를 원하는 것들의 차이, 현재 갖고 있는 것과 과거에 갖고 있었던 최고의

것의 차이, 자신이 갖고 있는 것과 다른 사람이 갖고 있는 것의 차이, 이 차이들의 평균이 행복과 많은 관계가 있어요."

"하지만 어떻게 행복을 측정하죠?"

교수가 말했다.

"하하하! 좋은 질문입니다."

그리고 나서 그 학자는 머리카락 뭉치가 펄럭거리는 흥분한 상태로 자신의 사무실 안을 왔다갔다하기 시작했다. 아네스는 이 교수의 전문 분야가 바로 행복을 측정하는 것이라고 말했다. 그래서 꾸뻬는 무척 기대가 되었다. 만일 행복을 측정하는 법을 배울 수만 있다면, 이번 여행은 실로 의미 있는 여행이라고 스스로 자부할 수 있을 것이다!

화성에서 온 행복 전문가

"**내**가 화성인이라고 상상해 보세요."

교수가 말했다.

"그리고 내가 지구에 사는 인간들을 이해하고 싶어한다고 상상해 보세요. 당신은 당신이 행복하다고 느끼는 것을 나에게 어떻게 이해시킬 겁니까?"

매우 특이한 질문이었다. 꾸뻬는 혹시 교수가 정말로 화성인이 아닐까 하고 생각했다. 큰 코와 머리카락 뭉치만 빼고는, 그는 타임머신 안에서 약간 오므라든 듯한 모습을 하고 있었다. 하지만 대학자들이 종종 별난 감각을 갖고 있고, 사물을 보는 이상한 방식을 통해 진리를 발견한다는 걸 꾸뻬도 알고 있었다. 그래서 진지한 자세로, 화성인에게 하듯 행복에 대해 설명하기 시작했다.

"난 내가 기분이 좋고, 즐겁고, 명랑하고, 긍정적이며, 적극적이고, 에너지로 넘친다고 당신에게 말할 수 있어요. 만일 당신이 진짜로 화성인이라면, 당신에게 이 단어들을 이해시키는 게 필요할 테고 감정들에 대해서도 설명해야 하겠죠. 감정이란 색깔과 비슷한데, 이건 설명하기가 무척 어려워요."

화성인 교수가 말했다.

"완벽해요, 완벽해."

꾸뻬가 계속 말했다.

"반면에 내가 삶에 만족하고, 원하는 일을 하기 때문에 행복을 느낀다는 건 당신에게 설명하기 쉬울 거예요. 내가 여러 면에서 만족하고 있다는 것, 이를테면 내 일, 내 건강, 내 친구들, 내가 사랑하는 사람들……."

"나쁘지 않아요, 나쁘지 않아요. 그리고 더 없어요?"

꾸뻬는 또 다른 것을 상상하려고 노력했다.

그때 교수가 갑자기 물었다.

"당신은 봄에 시골에서 즐겁게 뛰어노는 어린 송아지를 본 적이 있나요?"

물론 꾸뻬는 그것을 본 적이 있었다. 그리고 그 이미지는 욕실에서 노래를 부르며 행복한 모습으로 걸어나오던 잉리를 생각나게 했다.

꾸뻬가 말했다.

"네, 최근에 본 적이 있어요."

교수가 다시 물었다.

"그래서요? 당신은 어떻게 해서 그 송아지가 행복하다는 걸 알았지요? 잘 생각해 보세요. 어린 송아지에 대해서. 이번엔 당신이 화성인의 입장이 되는 겁니다. 그렇지요, 그렇지요?"

이것은 또 다른 별난 발상이었다. 하지만 꾸뻬는 어느덧 교수의 특이한 방식에 익숙해지기 시작했다.

"아, 그래요, 난 그 송아지가 행복하다는 걸 알 수 있어요. 왜

냐하면 송아지가 기쁜 울음을 울고, 깡충거리며 뛰어다니고, 장난치고 싶어하니까요. 나 자신도 화성인 앞에서 웃고, 노래하고, 장난치며 뛰어다니고, 재주를 넘어 보일 수 있어요. 인간들이 행복할 때 그런 행동들을 한다는 걸 보여 주는 거죠. 기분이 좋을 때는 인간이든 동물이든 그렇게 하니까요."

교수가 흥분해서 말했다.

"보세요. 당신은 행복을 측정하는 세 가지 방법을 찾았어요."

그는 먼저 사람들에게 하루나 일주일에 몇 번이나 즐겁고 기분 좋은 감정을 느끼는가를 질문함으로써 행복을 측정할 수 있다고 설명했다. 이것이 첫번째 방법이다. 또한 여러 가지 면에서 자신의 삶이 만족스러운가를 물을 수도 있다. 이것이 두번째 방법이다. 아니면 몰래 카메라나 다른 복잡한 방법을 통해 그들의 얼굴 표정을 관찰할 수 있다. 인간의 미소는 열두 가지 종류로 나눌 수 있다. 진정으로 기쁠 때 짓는 미소, 실제로는 화가 났더라도 단지 화나지 않았다는 것을 보이기 위해 짓는 미소……

화성인 교수가 말했다.

"우리가 연구실에서 측정하는 것도 같은 겁니다. 당신이 만일 이 세 가지 방법을 통해 사람들을 조사한다면, 그리고 그들이 얻은 점수에 따라 분류한다면, 그들이 얼마나 행복한가를 자신 있게 말할 수 있을 겁니다."

교수는 이야기를 하며 무척 행복해 보였다. 마치 꾸뻬 앞에서 재주넘기라도 할 수 있을 것처럼. 아네스가 한 말이 떠올랐다. 아네스는 그 교수가 '행복의 세 가지 측정 방법이 들어맞는다는

걸 증명하는 데 삶의 대부분을 보냈다'고 말했었다. 아주 흡족해 하는 교수를 바라보면서 꾸뻬는 배움10을 기억했다. '행복은 자신이 좋아하는 일을 하는 것이다.' 그리고 배움13을. '행복은 자신이 다른 사람에게 쓸모가 있다고 느끼는 것이다.'

꾸뻬가 교수에게 물었다.

"그럼 나중에 그 결과들을 어떻게 이용하나요?"

교수가 대답했다.

"더 많은 연구 자금을 요구하기 위해 그 결과들을 이용하지요. 난 곧 새로운 연구를 시작할 수 있을 겁니다!"

그리고 꽤 복잡한 이야기를 했다. 행복이 삶에서 모든 일들이 만족스럽게 지나갔는가에 의한 것인지, 아니면 타고난 성격에 좌우되는 것인지, 또는 각 사람마다 행복은 이미 태어날 때부터 정해져 있는 것인지에 대해 밝힐 계획이라는 것이었다. 이것에 대해 그 교수는 지난 수년 전부터 젊은 여성들을 대상으로 해마다 많은 질문을 하며 연구를 해왔다. 이제 그들은 중년 부인이 되었다. 그들이 행복했다면 그해에 그들에게 무슨 일이 일어났는지, 또 스무 살 때의 그들의 얼굴은 어떠했는지 조사했다.

꾸뻬는 그 젊은 여성들의 사진을 보고 싶었다. 하지만 교수는 또 다른 연구에 대한 설명에 빠져 있었다. 그는 쌍둥이들을 어린 아이였을 때부터 연구했다. 다른 한 명만큼 나머지 한 명도 행복했는지, 그리고 훗날 서로 다른 삶을 살게 되었을 때는 어떠했는지를 조사했다. 이 연구를 위해 그는 제이크가 좋아하는 것과 같은 복잡한 계산들을 많이 해야만 했다.

교수가 칠판에 그 계산을 적어 가며 설명하기 시작했다. 꾸뻬는 그럴 필요가 없다고 말렸지만, 교수는 말했다.

"아녜요. 당신은 보게 될 거예요. 이해할 수 있을 거예요. 그렇지요, 그렇지요?"

꾸뻬는 그가 마치 자신을 아주 가파른 스키장으로 데리고 간 다음 아주 즐거울 거라고 말하는 스키 잘 타는 친구들 같다는 생각이 들었다. 약간 피곤해지기 시작했기 때문에 꾸뻬는 교수에게 물었다.

"내가 보여 드린 행복에 대한 배움들에 대해서도 계산을 할 수 있나요?"

교수는 약간 신경질이 난 표정으로 변했다.

"정확히, 정확히, 그게 바로 지금 내가 당신에게 설명하려고 하는 거예요."

그는 꾸뻬의 목록을 다시 한 번 살펴보고는 많은 연구와 계산들도 그것과 동일한 결론을 말해 준다고 설명했다. 이를테면 다른 사람과 자신을 비교하지 않는 것, 자기가 나쁘지 않다고 여기는 것, 돈이나 건강에 대한 걱정이 없는 것, 좋아하는 일을 하는 것, 신앙을 갖고 종교 의식에 자주 참석하는 것, 자신이 쓸모 있는 존재라고 느끼는 것, 가족을 갖고 있는 것, 가끔씩 산책을 하는 것, 그리고 그리 악독하지 않은 지도자에게 통치되는 나라에서 사는 것 등이 인간에게 행복의 기회를 한층 더 증가시켜 준다는 걸 여러 수치들이 입증해 준다는 것이었다.

꾸뻬는 그 말에 큰 만족을 느꼈다. 교수의 말대로라면 그는 행

복할 수 있는 적지 않은 기회를 가졌던 것이다. 그가 아직 가정을 꾸리지 않았다는 것, 독실한 신앙인이 아니며 종교 의식에 자주 참석하지 않는다는 것을 제외하고는 그에게는 행복해야 할 이유가 많았다. 반면에 가정을 갖고 있다 할지라도 끊임없는 싸움과 권태의 지옥 속에서 살아가는 결혼한 사람들, 그리고 모든 것이 잘될 때조차 언제나 나쁘다고 생각하기 때문에 신앙을 갖고 있고 종교 의식을 잘 지키고 있다 하더라도 몹시 불행한 사람들이 그의 환자들 가운데 많이 있었다. 그는 그 점을 교수에게 지적했다.

교수가 말했다.

"나도 손 쓸 도리가 없어요! 하지만 연구 결과에 따르면 미혼자들이 기혼자보다 덜 행복하다고 생각하고, 건강에 대해 더 많이 걱정한다는 통계가 나왔어요. 그리고 신앙을 가진 이들과 종교에 충실한 사람들이 그렇지 않은 사람들보다 더 행복하다고 느낀다는 결과가 나왔어요. 이 모든 것들이 대체로 사실이지만, 물론 예외적인 경우도 있지요. 자, 보세요. 이 많은 연구 결과들을!"

그는 꾸뻬에게 서류 뭉치들이 쌓여 있는 커다란 책꽂이를 보여 주었다. 그것은 교수와 아녜스 같은 사람들이 쓴 백여 편이 넘는 논문들이었다. 교수나 아녜스 같은 사람들이 복잡한 연구를 통해 찾아낸 것들을, 자신의 작은 수첩만으로 정확히 발견한 것에 대해 꾸뻬는 약간의 자부심을 느꼈다. 그렇지만 학문이란 바로 그런 것인지도 모른다. 어떤 것을 생각하는 것만으로는 충

분하지 않다는 것, 그것이 진실인지를 입증하려고 노력하는 것. 그렇지 않으면 모든 사람이 아무렇게나 생각하고 말할 것이고, 유행을 이끄는 사람이 어떤 말을 하면 모두가 그것을 믿을 것이다. 꾸뻬는 그것에 대해 생각나는 것이 있었다. 정신의학계에는 그런 사람들이 꽤 많았다. 그들은 생각하는 것과 특히 주장하는 것을 좋아했다. 그러나 그것들에 대해 입증한 적은 한 번도 없었다. 결국 그들은 어리석은 것들을 진실이라고 주장하고 있는 것이다.

교수가 말했다.

"좋아요. 이제 당신에게 정말로 흥미로운 것을 보여 주겠어요."

그는 꾸뻬를 건물 지하로 데리고 갔다. 그들은 벽과 바닥에 온통 타일이 붙여진 큰 방 안에 도착했다. 중앙에는 복잡하게 생긴 거대한 기계가 있고, 그 앞에는 머리 위에 부르릉거리는 온갖 장치들이 연결된 의자 하나가 놓여 있었다. 꾸뻬는 자신이 짐작한 대로 교수가 타임머신을 타고 온 사람임에 틀림없다고 생각했다. 그리고 그가 이제 자신을 화성으로 데리고 갈지도 모른다고 생각했다.

행복은 다른 사람의 행복에 관심을 갖는 것

흰 가운을 입은 여성이 기계 근처에 서 있었다. 네모난 안경을 끼고 있어서 마치 기숙사 사감을 닮아 있었다. 하지만 좀더 가까이서 보면, 꽤 매력적인 여자라는 걸 알 수 있었다.

그녀를 보자 교수가 외쳤다.

"사랑하는 쟈스민!"

그는 아까보다 더 많이 흥분되어 보였다.

그녀가 미소지으며 대답했다.

"사랑하는 던칸……."

교수가 꾸뻬를 소개시키며 말했다.

"내가 훌륭한 실험 대상을 데리고 왔어요. 이 사람은 다름 아닌 정신과 의사거든!"

꾸뻬가 놀라서 물었다.

"실험이라구요?"

교수가 말했다.

"네, 하지만 걱정하진 말아요, 전혀 위험하지 않으니까. 자, 서둘러 시작합시다. 쟈스민은 시간이 많지 않아요, 기다리고 있는 사람들이 줄을 섰거든!"

이윽고 꾸뻬는 머리 위에서 온갖 장치들이 부르릉거리는 의자 위에 앉아 있었다. 흰 가운의 쟈스민은 유리창 너머에 서 있고, 교수는 커다란 비행기만큼이나 복잡한 배 그림 앞에 서 있었다.

교수가 말했다.

"좋아요. 나는 당신에게 자신이 원하는 세 가지 상황에 대해 상상하라고 말할 겁니다. 첫째는, 행복한 상황 속에 있는 자신을 상상하세요. 두번째는, 자신이 아주 슬픈 상황 속에 있다고 상상하는 겁니다. 그리고 세번째는, 매우 두려운 상황에 처한 자신을 상상하세요. 이것들을 상상하려면 과거에 자신에게 일어났던 일들을 떠올리는 것이 가장 쉬울 거예요. 단, 내가 말한 순서대로가 아니라 당신 스스로 정한 순서에 따라 상상을 해야만 합니다. 내가 신호를 보내면 상상을 시작하세요. 하지만 그것이 무엇에 관한 것인지 절대로 말하면 안 됩니다!"

꾸뻬는 가장 나쁜 것부터 시작하는 것을 더 좋아했다. 그래서 죽은 쥐 냄새가 진동하는 벽장 안에서 다시는 못 보게 될 사랑하는 사람들을 생각하며 갇혀 있던 때를 머릿속에 떠올렸다. 눈물을 글썽거릴 정도로 그때의 순간을 생생히 기억할 수 있었다.

교수가 말했다.

"좋아요. 이제는 두번째 상황을 상상해 보세요."

이번에는 클라라의 잠자는 모습을 바라보고 있는 자신을 상상했다. 일을 많이 하기 때문에 그녀는 종종 일요일마다 늦게까지 잠을 자곤 했다. 꾸뻬는 먼저 깨어나 잠자는 그녀의 모습을 바라보는 것을 좋아했다. 그때 그는 무척 행복했고, 두 사람에게 아무 일도 일어나지 않으리라는 느낌을 받곤 했다. 왜 그가 잉리를 생각하지 않았는지 궁금해 할 것이다. 중국에 있는 잉리는 상상만으로도 그를 행복하게 만들기엔 너무 먼 곳에 있었다.

교수가 말했다.

"좋아요. 이젠 세번째 상황을 상상하세요."

꾸뻬는 착륙하기 전에 시끄럽게 울어대던 닭과 오리들, 그리고 불안하게 동체가 기우뚱거리던 낡은 비행기 안에 있던 기억을 떠올렸다.

쟈스민이 말했다.

"자, 끝났어요."

꾸뻬는 머리가 부딪히지 않게 조심하며 의자에서 내려왔다. 교수가 말했다.

"당신은 먼저 당신을 슬프게 하는 상황을 생각했어요. 그런 다음 행복한 것을 상상했고, 마지막으로 두려웠던 때를 상상했어요."

꾸뻬는 교수가 단지 자신의 얼굴 표정을 보고 짐작한 거라고 의심을 했지만, 한편으론 매우 놀랐다. 사람들이 이 기계에 대해 말하는 것을 전에도 들은 적이 있었다. 쟈스민이 스위치를 돌리는 동안 교수는 꾸뻬를 복잡한 배 그림 가까이로 데리고 갔다.

그것은 이제 보니 그림이 아니라 영상이 나타나는 컬러 텔레비전 모니터였다.

교수가 외쳤다.

"보세요, 보세요!"

모니터 화면에는 아주 짙은 푸른색에서 시작해 선명한 오렌지색으로 바뀌어 가는 예쁜 색들로 이루어진 복잡한 반점들이 나타났다. 사실 그것은 꾸뻬의 뇌를 찍은 사진으로, 마치 뇌를 아주 얇게 잘라서 유리 위에 평평하게 펼쳐 놓은 것과 같았다.

교수가 말했다.

"이건 당신 뇌 속의 산소 소비를 나타내는 도표예요. 푸른색은 산소 소비량이 많지 않은 부분이고, 오렌지색은 그 반대인데 뇌가 아주 활발했다는 걸 말해 주지요."

쟈스민이 버튼을 누르자 꾸뻬의 뇌 사진 세 장이 더 작은 크기로 나란히 나타났다. 전체적인 색채가 약간씩 다르다는 것을 한눈에 볼 수 있었다. 교수가 사진들을 각각 가리키며 말했다.

"슬픔, 행복, 두려움. 믿을 수 없을 정도지요. 그렇지요, 그렇지요?"

"그러니까 행복은 이 부분에만 퍼져 있군요."

꾸뻬는 모니터 위에서 밝은 오렌지색으로 빛나는 자신의 뇌의 오른쪽 부분을 가리켰다.

쟈스민이 말했다.

"왜냐하면 당신은 남자니까요. 여자들의 경우는 이 부분이 더 많이 퍼져요. 뇌의 절반을 차지할 정도이죠. 슬플 때도 역시 여

자들은 더 넓게 퍼진답니다."

그녀는 이 기계를 통해 남자들의 뇌와 여자들의 뇌가 완전히 다르게 기능한다는 것을 알게 되었다고 말했다. 책을 읽는 것과 계산하는 데 있어서도 마찬가지라고 했다. 주목할 점은 아주 오래전부터 많은 사람들이 남자와 여자의 뇌가 차이가 있을 것이라고 의심해 왔다는 것이다. 이미 말했듯이, 학문이라는 것은 생각을 입증하는 것이다.

꾸뻬가 말했다.

"그럼 이 부분에 작용하는 약을 발견한다면 인간은 영원히 행복할 수 있겠군요."

"이미 그걸 찾았는걸요! 쟈스민, 꾸뻬에게 일본인들의 뇌 사진을 보여 주겠어요?"

그러자 화면에는 세 가지 일본인들의 뇌 이미지가 나타났다. 먼저 그들이 일본인들이라는 것을 듣지 않고서는 그것이 일본인들의 뇌라는 걸 짐작하기는 거의 불가능했다.

교수가 말했다.

"지금, 잘 보세요. 이번엔 뇌들이 모두 오렌지색으로 빛나고 있어요. 일본인들은 특히 이때에 무척 행복했던 것이지요."

꾸뻬가 물었다.

"그런데, 그 기적의 약이 뭔가요?"

당장에 그것을 먹어 보고 싶었고, 클라라에게도 가져다주고 싶었다.

쟈스민이 말했다.

"사케요."

그 뇌의 이미지들은 일본인들이 사케, 즉 일본 술인 정종을 큰 잔에 마시고 나서 몇 분 있다가 찍은 것이었다.

꾸뻬는 생각했다. 어째서 정종이나 맥주, 샴페인, 또는 뱅쌍이 좋아하던 고급 와인을 마시면 행복할 때와 같은 현상이 나타나는 걸까.

쟈스민이 덧붙여 말했다.

"이 다음 것을 보세요. 이건 세 시간이 경과한 뒤에 찍은 사진이에요."

일본인들의 뇌는 처음보다 눈에 띄게 푸른색으로 변하고 있었다. 이것은 슬픔의 사진과 닮아 있었다. 이때 일본인들의 뇌는 틀림없이 컨디션이 좋지 않았던 것이다. 이 사진들을 보면, 그들은 뇌를 다시 활발하게 활동시키기 위해 다시 사케를 마시고 싶은 마음이 생겼을 것이다. 굳이 이런 종류의 실험이 필요하지 않은 사람들이 있었는데, 그들은 날마다 술을 마시기 때문에 혼자서도 이 비밀을 깨달은 이들이었다.

쟈스민은 이번에는 매우 아름다운 여성들의 사진을 보여 주었을 때의 남자들의 뇌 사진과, 그냥 그저 그런 여성들의 사진을 보여 주었을 때의 뇌 사진을 화면에 올렸다. 아름다운 여성의 사진을 보았을 때 남자들의 뇌는 해로운 약을 복용했을 때의 뇌와 같은 색으로 빛나고 있었다! 그것을 보자 꾸뻬는 생각이 굳어졌다. 아름다움, 그것을 경계해야만 한다! 하지만 슬프게도 그건 아주 어려운 일이었다.

쟈스민은 이 기계로 건강한 사람들의 뇌와 병든 사람들의 뇌가 작용하는 방식, 그리고 뇌의 어떤 부분에 약들이 작용하는가 등 많은 것들을 입증할 수 있다고 설명했다. 그녀는 집 밖으로 나가는 것을 너무도 두려워하던 한 사람의 정신 분석 결과를 보여 주었다. 의사들은 그가 점차로 다시 외출할 수 있도록 치료를 계속했다. 치료 후 그의 뇌 사진은 정상적으로 되돌아와 있었다!

꾸뻬는 이 모든 것이 매우 흥미롭게 생각되었다. 자신이 행복할 때 뇌의 어떤 부분이 활동하고 있는가를 알게 되어 무척 기뻤다. 그래서 말했다.

"결국 이 사진은 뇌가 미소짓는 것을 보는 것과 같은 거군요?"

쟈스민과 교수가 서로 쳐다보았다. 교수가 외치듯 말했다.

"뇌의 미소라고! 그거 정말 참신한 생각인데!"

하지만 꾸뻬는 그 사진들이 우리가 행복할 때 짓는 얼굴의 미소보다 행복에 대해 더 잘 설명해 주지는 않는다고 지적했다. 그의 말을 들으면서 쟈스민이 미소짓고 있는 것을 꾸뻬는 눈여겨보았다. 조금 전 그가 모니터의 뇌 사진들을 들여다보고 있는 동안, 그는 교수와 쟈스민이 서로 포옹하는 것을 봤다. 그것은 교수가 화성인이 아님을 증명해 주는 것이었다.

교수는 점심을 먹기 위해 대학 야외 식당으로 꾸뻬를 데리고 갔다. 이 도시는 저녁에 스웨터를 입어야 하는 겨울의 보름 동안을 빼고는 언제나 날씨가 좋기 때문에 어디에나 노천 식당이 있었다. 두 사람은 넓은 잔디밭 앞에 놓인 테이블에 자리를 잡았다. 꾸뻬는 접근하는 다람쥐들에게 먹이를 주는 사람들의 모습

을 즐거운 마음으로 바라보았다. 다른 테이블에는 대학생과 교수들이 적당히 섞여 있었다. 이 대학은 학생들과 교수들이 서로 격의 없이 대화하는 분위기였다.

"그래서……."

교수가 닭고기를 뜯으며 말했다.

"당신은 이 여행을 통해 행복에 대해 더 많이 알게 되었다고 생각합니까?"

꾸뻬는 그렇다고 대답했다. 이때 누군가 그의 바지 끝을 잡아당기는 듯한 느낌이 들었다. 다람쥐 한 마리가 그의 점심을 원하고 있었다. 그때 한 가지 궁금한 점이 떠올랐다. 이 다람쥐는 자신이 이곳에 살고 있는 것을 대단히 운이 좋다고 생각할까? 아니면 반대로, 다른 곳이 더 나을지도 모른다고 생각하고 있을까? 또는 자신이 행복한 삶을 살지 않았다고 생각하며 후회의 시간을 보내는 걸까? 결국 그것은 다람쥐가 어떤 식으로 자신과 남을 비교하는가에 달려 있었다. 그 다람쥐는 오징어 튀김이 든 접시를 앞에 놓고 있는 꾸뻬를 발견했다. 이때 다람쥐는 이것이 약간의 오징어를 얻어먹을 수 있는 행운의 기회라고 여길 수도 있고, 아니면 꾸뻬가 혼자만을 위해 그토록 많은 음식을 갖고 있는 것이 끔찍이도 불공평한 거라고 생각할 수도 있다. 또는 이것이 다람쥐가 가난하고 보잘것없는 미물이라는 사실을 보여 주는 좋은 증거라고 한탄할 수도 있을 것이다. 특히 저녁에 집으로 돌아간 그에게 부인 다람쥐가 이 일을 다시 상기시킨다면 말이다. 이렇듯 다람쥐의 행복은 전적으로 상황을 바라보는 방식에 달려 있

었다.

이윽고 꾸뻬가 교수에게 물었다.

"내 환자들 중에는 돈이나 건강에 대한 걱정도 없고, 가정도 갖고 있으며, 좋은 직업도 갖고 있지만 무척 불행해 하는 사람들이 있습니다. 그들은 미래에 대해 불안해 하고, 자기 자신에게 만족하지 못하고, 자신이 처한 상황의 불리한 점만을 봅니다. 조금 전에 당신이 예로 들어 준, 행복을 결정하는 요소들 속에는 한 가지 부족한 게 있어요. 사물들을 바라보는 방식이지요. 간단히 말하자면, 반이 채워져 있는 병을 보는 사람과, 반이 비워져 있는 병을 보는 사람은 행복의 차이가 있다는 겁니다."

교수가 말했다.

"아, 정신과 의사의 좋은 질문! 당신이 옳아요. 아주 중요한 점이지요."

그는 행복의 전문가들 사이에 중요한 논쟁이 있어 왔다고 말했다. 학자들 중에는 꾸뻬의 목록에도 있듯이 삶이 기분 좋은 일들로 가득할 때 찾아오는 감정이 곧 행복이라고 여기는 사람들이 있었다. 하지만 또 다른 학자들은 그것에 동의하지 않았다. 그들은 행복이 사물을 바라보는 관점에 달려 있다고 생각했다. 반이 차 있는 병과 반이 비어 있는 병의 이야기처럼.

교수가 말을 이었다.

"후자의 의견을 지지하는 학자들은 행복에는 일정한 수준이 있다고 말합니다. 그것은 혈압이나 체중과 같은 것이죠. 물론 상황에 따라 약간씩 변하기도 합니다. 하지만 언제나 각자 사람들

에게 맞는 기본 수준으로 다시 돌아온다는 겁니다. 학자들은 큰 성공을 한 사람이나 대단히 불행한 사건을 겪은 사람 둘 다를 연구했는데, 몇 달 뒤 그들의 기분이 거의 전과 같은 수준으로 되돌아와 있는 걸 볼 수 있었어요."

꾸뻬가 물었다.

"그것에 대해 당신은 어떻게 생각하죠?"

교수가 대답했다.

"두 가지 다 약간씩 동의합니다. 우리는 여러 상황들에 좌우되긴 하지만, 다른 사람들보다 행복을 더 많이 타고난 사람들이 있긴 하지요."

꾸뻬는 불치병에 걸려 고통받으면서도 남동생들이 전쟁터에 나가 죽지 않은 것을 생각하며 행복해 하던 자밀라가 생각났다.

꾸뻬는 수첩을 꺼내 더없이 중요해 보이는 배움 한 가지를 적었다.

배움20_ 행복은 사물을 바라보는 방식에 달려 있다.

교수는 힘차게 자신의 닭고기를 뜯었다. 조금 전부터 꾸뻬는 교수가 무척 기분이 좋아진 것을 눈치챘다. 갑자기 꾸뻬가 조금 다른 질문을 했다.

"인간이 좋은 기분을 계속 유지하려는 성향은 어디서 나오는 걸까요?"

여기서 교수는 다시금 쌍둥이와 젊은 여성들에 대한 자신의

연구를 설명하기 시작했다. 다행히 그곳엔 칠판이 없었고, 따라서 복잡한 계산을 동원해서 설명하는 것이 불가능했다. 그의 말을 간추리면 행복을 타고난다는 건 계산을 잘하거나 운동을 잘하는 것과 약간 비슷했다. 이것은 탄생 시 뇌가 어떻게 만들어졌는가에 달려 있고, 또 부모나 어른들이 어렸을 때 그를 어떻게 보살폈는가에도 달려 있다. 물론 개인의 노력과 성장 후 갖는 만남들에 따라 달라지기도 한다.

교수가 말했다.

"선천적인 유전이든 후천적인 교육이든, 그건 언제나 부모의 책임이지!"

그가 큰소리로 웃으며 말하자 주위 사람들이 돌아보았다. 모두가 미소를 지었다. 다들 그 교수에 대해 잘 알고 있는 듯했다.

이때 흰색 가운 차림이 아니라 예쁜 꽃무늬의 파란 원피스로 갈아입은 쟈스민이 오고 있었다. 그녀는 그녀에게서 시선을 떼지 않는 한 잘생긴 남자와 이야기를 하고 있었고, 둘은 함께 자리에 앉았다.

교수가 말하는 것을 멈췄다. 꾸뻬는 그가 점점 기분이 나빠져가는 것을 보았다. 그는 화기애애한 분위기에서 점심을 먹기 시작하는 쟈스민과 그 남자를 째려보았다. 그리고는 얼굴이 종잇장 같이 창백해졌다. 그는 입 속에서 중얼거리듯 말했다.

"치사한 루퍼트 놈!"

그는 몹시 불행하고 화가 난 듯 보였다. 꾸뻬는 이 상황을 진정시키는 것은 무슨 얘기든 대화를 하는 것이라는 걸 잘 알고 있

었다. 그래서 교수에게 왜 루퍼트가 치사한지를 물었다.

교수가 대답했다.

"저 자는 내게서 연구 기금을 도둑질해 갔을 뿐만 아니라, 쟈스민 주위를 맴돌곤 했어요!"

루퍼트 역시 심리학 교수로, 남자의 뇌와 여자의 뇌의 차이에 관한 전문가라는 것이었다. 루퍼트는 쟈스민의 기계로 많은 실험을 했으며, 그것을 핑계로 하루가 멀다하고 그녀를 만났다.

교수가 분개하며 말했다.

"남성과 여성의 차이점에 대해 떠드는 것이 요즘 유행인데, 덕분에 루퍼트 놈은 여성들을 위한 방송에 많이 출연했소. 학장은 학교 이름을 알리는 좋은 계기라며 마음에 들어했고, 그래서 루퍼트 놈에게 가장 많은 연구 기금을 주었던 거요."

교수는 한숨을 쉬면서, 서로 미소지으며 얘기를 나누고 있는 쟈스민과 루퍼트를 쳐다보았다. 꾸뻬는 한 가지 배움을 머릿속에 적어 놨다가 나중에 수첩에 옮겨 적었다.

배움21_ 행복의 가장 큰 적은 경쟁심이다.

인간은 언제나 서로를 공격하고, 가끔은 전쟁을 하기도 한다. 이것이 바로 경쟁의 역사다. 인간은 다른 사람과 똑같이 되기를 바라거나, 아니면 우두머리가 되고 싶어한다.

다행히 이때 아녜스가 그곳에 도착해 분위기가 약간 전환되었다. 그녀 또한 예쁜 원피스 차림이었다. 귀여운 모습에 얼굴 가

득 미소를 지으며 도착하는 그녀를 보면서, 꾸뻬는 만일 젊었을 때 그녀와 결혼했다면 오늘 더 많이 행복했을지도 모른다고 생각했다. 하지만 아이들에 관해 말다툼을 하고 있거나, 아니면 그것으로 인해 서로 피곤해져 있고 얼굴이 마주치는 걸 회피하거나, 다른 사람들처럼 지금쯤은 이혼을 한 상태였을지도 모르는 일이다.

아녜스가 그들 자리에 함께 앉으며 말했다.

"그런데 꾸뻬의 뇌는 정상인가요?

꾸뻬가 대답했다.

"정신과 의사로서는 정상이지!"

그 말에 아녜스는 웃음을 터뜨렸지만, 루퍼트와 쟈스민을 더이상 쳐다보지 않으려고 애쓰는 교수를 웃게 만들진 못했다. 꾸뻬는 그가 계속 괴로워한다는 걸 알 수 있었다. 아녜스는 눈치가 빨랐기 때문에 상황을 금세 알아챘다. 그래서 적어도 교수가 루퍼트와 쟈스민을 더이상 볼 수 없거나 덜 보이게 하려고 교수의 바로 앞자리로 옮겨 앉았다. 그리고는 방금 전에 읽은, 기쁨과 즐거운 기분 그리고 행복의 차이에 대한 최근의 신문 기사를 교수에게 말하기 시작했다. 그러자 교수는 금방 활기를 되찾았고, 이전의 좋은 기분으로 되돌아왔다.

꾸뻬에게서 오징어 조각을 받은 다람쥐는 멀찌감치서 그것을 조금씩 갉아먹었다. 다람쥐들의 미소를 해독할 줄 몰랐지만, 다람쥐가 꽤 만족해 하고 있다는 걸 느낄 수 있었다.

교수를 유쾌한 기분으로 되돌아오게 한 아녜스를 바라보면서

꾸뻬는 남동생들의 행복을 기원하던 자밀라와, 가족들에게 돈을 부치던 잉리를 생각했다. 그리고 메모를 했다.

배움22_ 여성은 남성보다 다른 사람의 행복에 대해 더 배려할 줄 안다.

루퍼트가 남성과 여성의 이 차이점을 이미 발견했는지는 모르겠지만, 어쨌든 꾸뻬는 그 차이를 확인하기 위해 쟈스민의 기계가 필요하진 않았다. 그런데 이것이 혹시 다음과 같은 배움에 이르게 하진 않을까?

배움23_ 행복은 다른 사람의 행복에 관심을 갖는 것이다.

꾸뻬 씨, 다시 노승을 만나다

"**당**신은 마음 공부를 열심히 잘하셨소."

노승이 말했다.

책상에 앉아 노승은 꾸뻬가 제출한, 행복에 대한 배움의 목록을 읽어 내려갔다. 그는 작은 안경을 쓰고 있었고, 꾸뻬의 기억 속에서보다 더 작고 나이 들어 보였다. 하지만 여전히 기분이 좋아 보였다. 꾸뻬는 마지막 배움을 적은 이후로 목록을 다시 깨끗이 베껴 적었다. 고매하고 친절한 노승에게 얼룩투성이인 초고를 내밀 수는 없는 일이었다.

창 밖으로 중국의 아름다운 산들이 내다보이고, 가끔씩 구름

그늘에 모든 것이 어두워졌다가 태양 아래 다시 빛나기도 했다. 이런 산들을 날마다 보면 지혜로워지는 데 많은 도움이 될 것 같았다.

노승이 어찌나 집중해서 꼼꼼히 목록을 읽는지 이상하다는 인상마저 들 정도였다. 왜냐하면 이 노승은 삶에서 꾸뻬보다 훨씬 많은 일들을 겪었기 때문이다. 그리고 늙어서는 대부분의 시간을 명상을 하며 보냈을 것이다. 그런 그가 한 정신과 의사의 행복에 관한 작은 배움들을 읽는 데 깊은 관심을 쏟고 있는 것이다. 꾸뻬는 환자들로부터 온 편지를 읽을 때나, 좋아하는 누군가가 보내 온 편지를 읽을 때 그만큼 깊은 주의를 기울일 수 있었는가 자문했다.

이것 역시 또 하나의 배움이 될 것이다. '다른 사람에게 깊은 관심을 기울이라!'

마침내 노승이 읽기를 마쳤다. 그는 꾸뻬에게 그것이 목록의 원본인가를 물었다. 원본이 적힌 수첩도 보고 싶어했던 것이다. 꾸뻬는 주저하며 말했다.

"스님께서 생각하시기에 정말로……."

그러나 노승은 웃으며 계속해서 손을 내밀고 있었다. 그래서 꾸뻬는 할 수 없이 수첩을 내놓았다. 노승은 다시 깊은 관심을 갖고서 수첩에 적힌 내용을 읽어내려갔다. 가끔씩 미소를 지었지만, 앞에서도 말했듯이 그 미소는 비웃는 것이 전혀 아니었다. 오히려 진정으로 만족하는, 마음 깊은 곳에서 우러나오는 미소였다. 꾸뻬가 보기에 노승은 행복의 중요한 요소 중 하나인, 사

물을 보는 좋은 방식을 갖고 있었다.

다시금 노승은 읽기를 마쳤고, 또다시 수첩의 목록을 살펴본 뒤 말했다.

"당신은 정말로 마음 공부를 훌륭히 해냈어요. 이 모든 배움들은 훌륭해요. 덧붙일 게 아무것도 없군요."

꾸뻬는 기뻤지만 동시에 약간 실망스럽기도 했다. 노승이 새로운 정보나 가르침, 아니면 행복에 대한 훌륭한 이론을 줄 거라고 기대했기 때문이었다.

노승은 미소를 지은 채 그를 다시 바라보았다. 그리고는 덧붙여 말했다.

"날씨가 참 좋습니다. 한 바퀴 걷고 옵시다."

바깥 풍경은 실로 경이로웠다. 산과 바다와 하늘이 동시에 보였다. 장엄한 초록으로 눈부신 날이었다. 그 풍경 속에는 바라보는 것만으로도 생각이 멎고 충만감이 느껴지는 절대적인 힘이 깃들어 있었다. 꾸뻬는 경지 높은 노승과 단 둘이 있다는 것에 조금 주눅이 들었고, 무엇부터 이야기해야 할지 알 수 없었다. 하지만 노승이 지금 원하는 건 꾸뻬가 지적이거나 지혜로운 어떤 말을 하는 것이 아니라, 단지 이루 말할 수 없이 아름다운 이 순간을 함께 나누는 것이라고 느꼈다.

이윽고 노승이 말했다.

"진정한 지혜는 이 풍경 속에서 한 순간에 발견할 수도 있고, 아니면 언제까지나 깊이 감추어져 있을 수도 있습니다."

꾸뻬는 문득 깊이 감추어져 있는 그것을 자신이 지금 이 순간

보고 있다는 것을 깨달았다.

두 사람은 그렇게 침묵 속에 사원 앞에 서서 구름과 태양과 바람이 한 순간 산들과 어울려 노니는 것을 바라보았다. 꾸뻬는 이 것이 지금까지의 그 어떤 것보다 새로운 배움이라는 느낌이 들었다. 모든 생각을 멈추고 세상의 아름다움을 바라볼 시간을 갖는 것, 그것이 진정한 행복이라는 것을.

역시 노승다운 가르침이었다. 노승은 침묵 속에서 꾸뻬에게 태고적부터 있어 온 한 가지 영원한 진리를 전달하고 있었다. 그 것은 행복에 대한 욕망이나 추구마저 잊어버리고 지금 이 순간과 하나가 되어 존재할 때 저절로 얻어지는 근원적인 행복감이었다. 이 근원적인 행복은 자주 찾아오지 않지만, 무엇으로도 대신할 수 없으며, 세상에서 얻는 다른 모든 행복의 기본을 이루는 것이었다. 꾸뻬는 순간순간 터져나오는 노승의 웃음이 바로 그 근원적인 행복에서 비롯되고 있음을 느꼈다.

그때 한 젊은 수도승이 오솔길을 지나 그들에게로 다가왔다. 그는 중국어로 노승에게 무슨 말인가를 한 뒤, 다시 다른 수도승이 일하고 있는 사원에 딸린 텃밭으로 내려갔다. 텃밭은 특별한 방식으로 잘 가꾸어져 있었다.

노승이 미소 지으며 말했다.

"자, 날 기다리고 있는 방문객이 한 사람 있답니다. 그렇지만 우리가 잠시 동안 함께 시간을 보낼 수 있어서 무척 즐거웠습니다."

처음부터 꾸뻬는 한 가지 질문을 하고 싶었다. 그래서 노승에

게 말했다.

"맨 처음 우리가 만났을 때, 스님께선 말씀하셨습니다. 행복을 목표라고 여기는 것은 잘못된 생각이라고. 그것은 무슨 뜻인가요?"

노승이 말했다.

"내가 말하고 싶었던 건, 당신도 이미 알고 있듯이, 삶에서는 목표는 많은 일들을 이루게 하는 원동력이지만 행복은 결코 그런 것이 아니라는 겁니다. 예를 들어 집과 자동차를 사겠다는 목표처럼 어떤 것을 이루려는 마음은 당신을 삶 속에 자리잡게 하고, 많은 흥미로운 것들을 이룰 수 있게 합니다. 하지만 행복은 그런 순서로 얻어지는 것이 아닙니다. 만일 당신이 행복을 목표로 삼는다면, 당신은 그것을 놓칠 가능성이 그만큼 많아지는 겁니다. 더구나 당신이 행복에 도달할지 못할지 어떻게 알 수 있습니까?"

노승은 한바탕 그 특유의 웃음을 웃고 나서 말을 이었다.

"진정한 행복은 먼 훗날 달성해야 할 목표가 아니라, 지금 이 순간 존재하는 것입니다. 인간의 마음은 행복을 찾아 늘 과거나 미래로 달려가지요. 그렇기 때문에 현재의 자신을 불행하게 여기는 것이지요. 행복은 미래의 목표가 아니라, 오히려 현재의 선택이라고 할 수 있지요. 지금 이 순간 당신이 행복하기로 선택한다면 당신은 얼마든지 행복할 수 있습니다. 그런데 안타까운 것은 대부분의 사람들이 행복을 목표로 삼으면서 지금 이 순간 행복해야 한다는 사실을 잊는다는 겁니다."

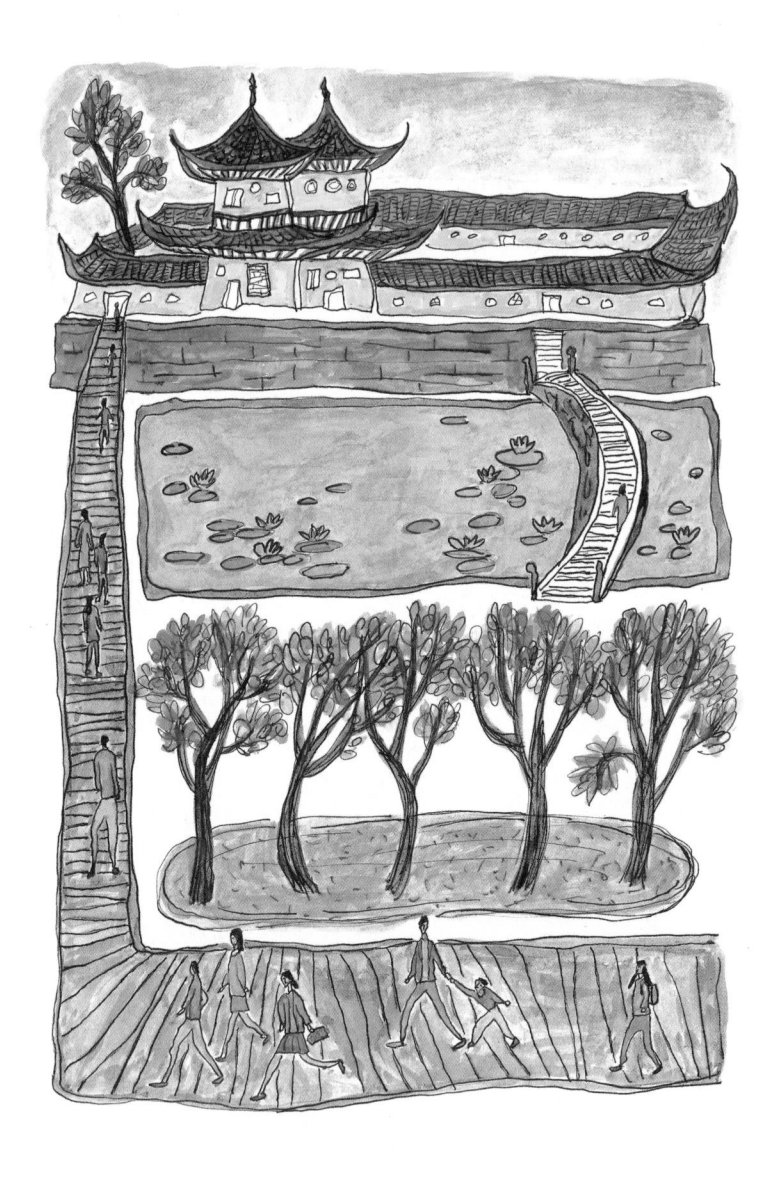

노승이 강조하고 있는 것은 미래의 행복이 아니라, 가난이나 부, 과거와 미래의 일들과는 상관없이 누구라도 지금 이 순간, 생각으로부터 벗어나 눈을 뜨고 바라보기만 하면 발견할 수 있는 행복이었다.

노승은 잠시 말을 멈췄다가 덧붙였다.

"물론 모든 사람들, 특히 더 행복해지기를 바라고 고통에서 벗어나기 위해 목표를 정하는 불행한 사람들까지 나무랄 순 없지요."

꾸뻬가 물었다.

"스님께서는 최상의 진리라 해도 모든 사람들에게 다 적용될 순 없다고 말하고 싶으신 건가요?"

노승이 꾸뻬를 바라보며 말했다.

"당신은 환자들에게 모두 같은 것을 말하나요?"

꾸뻬는 잠시 생각한 뒤 아니라고 대답했다. 환자들의 성격과, 젊은가 늙었는가, 정말로 불행한 삶을 살았는가 아닌가에 따라 꾸뻬가 상담해 주는 이야기의 내용이 달랐다.

노승이 말했다.

"그것 보세요. 진리도 그것과 같습니다."

꾸뻬는 다시 좀더 생각해 본 뒤, 자신이 분명 모든 사람에게 같은 것을 이야기하지는 않는다고 말했다. 그래도 거기엔 어떤 원칙이 있었는데, 특히 너무 많이 슬퍼하거나 큰 불안을 안고 사는 사람들에게 그랬다. 꾸뻬는 그들이 생각하는 것과 실제로 일어나는 일은 큰 차이가 있음을 일깨워 주려고 노력했다. 사람들

이 불행한 것은 흔히 자신들이 생각하는 것이 곧 현실이라고 믿는 경향이 있기 때문이었다. 물론 모두가 그런 건 아니었다. 삶에서 자기 의지와는 상관없이 실제로 불행한 일을 겪는 일들도 있었다.

노승이 말했다.

"그렇습니다. 진리라 해도 모두에게 강요할 순 없지요. 자, 이제 돌아갈까요?"

두 사람은 노승의 사무실을 향해 걸어갔다. 그곳에 도착하자, 노승은 꾸뻬에게 잠시 기다리기를 청했다. 꾸뻬에게 줄 선물이 있었기 때문이다. 그곳엔 한 중국 남자가 기다리고 있었다. 조금 전 젊은 수도승이 말한 방문객이었다. 그렇지만 그 남자는 수도승 차림이 아니라 넥타이에 정장을 입고 있었다.

이 여행을 통해 꾸뻬는 잘 알지 못하는 사람들에게도 친절하게 말을 건네는 법을 배웠다. 그래서 그는 자신보다 영어를 더 유창하게 하는 그 중국 남자와의 얘기를 시작했다. 그들은 서로가 의사라는 사실을 알게 되었다.

노승이 다시 돌아와, 예쁜 그림이 그려진 푸른색과 흰색의 아름다운 중국 찻잔 두 개를 내밀었다. 그리고는 말했다.

"당신이 언제나 행복하기를 기원하겠습니다. 이 찻잔을 볼 때면 언제나 자신이 행복해야 한다는 사실을 기억하길 바랍니다."

그러면서 노승은 또다시 그 절대적인 만족감에서 우러나오는 웃음을 웃었다. 노승의 따뜻한 마음씨에 꾸뻬는 콧등이 시큰해졌다. 그는 노승에게 마음 깊이 고마움을 표시한 뒤 작별 인사를

하고 헤어졌다. 사원 입구까지 걸어내려가 뒤돌아보니, 그때까지 노승과 중국인 의사가 자신을 바라보며 서 있었다. 노승은 그에게 마지막 미소를 지으며 손을 흔들었다.

사원 밖의 풍경은 변함없이 아름다웠지만, 꾸뻬는 작별의 슬픔을 느꼈다. 산을 내려오던 도중에 중국 찻잔이 깨지지 않도록 가방 안에 잘 넣기 위해 멈춰 섰다. 두 찻잔 사이에 작은 종이 끝자락이 보였다. 종이에는 다음과 같은 숫자가 적혀 있었다.

'20-13-23.'

꾸뻬는 얼른 자신의 수첩을 꺼내 읽었다.

배움20_ 행복은 사물들을 보는 방식에 있다.

배움13_ 행복은 자신이 다른 사람에게 쓸모가 있다고 느끼는 것이다.

배움23_ 행복은 다른 사람의 행복에 관심을 갖는 것이다.

우연의 일치이겠지만, 꾸뻬는 그것이 노승이 다시금 일깨워주는 훌륭한 가르침이라는 생각이 들었다.

수도승처럼 말하는 꾸뻬 씨

"캘리포니아 산, 프랑스 산, 아니면 칠레 산?"

"넌 뭘 더 좋아하는데?"

꾸뻬와 뱅쌍은 도시 전체와, 작은 만 안에 떠 있는 배들의 반짝이는 불빛이 내려다보이는 아름다운 레스토랑에서 다시 만났다. 오랜만에 만난 진정한 친구답게 두 사람은 쉴새없이 얘기를 주고받았다.

중국인 웨이터를 기다리면서 뱅쌍은 자기에게도 도움이 될 무엇인가를 배워 왔느냐고 물었다. 꾸뻬는 뱅쌍이 자기를 만나 무척 기뻐하는 건 사실이지만, 지난번처럼 특별히 행복해 보이지는 않았다. 뱅쌍에게 뭔가 좋은 조언이 필요해 보였다.

꾸뻬가 말했다.

"행복에는 여러 가지가 있어. 말하자면 행복의 종류 같은 것이지."

뱅쌍이 말했다.

"난 몰랐어. 그게 어떤 건데?"

"다섯 종류의 행복이 있어. 먼저, 두 종류는 흥분한 상태의 행복이고, 다른 두 종류는 평화로운 행복이야. 흥분한 상태의 행복은 기쁜 일이 일어나는 것, 파티를 여는 것, 여행을 떠나는 것 등

195

이지."

"아, 그거, 알겠다! 이것도 거기에 속해?"

중국인 웨이터가 가져온 와인을 가리키며 뱅쌍이 말했다. 꾸뻬는 그렇다고 말했다. 그는 뱅쌍에게 사케를 마신 일본인들의 뇌에 대한 이야기와, 어떻게 뇌가 미소짓는가를 설명해 주었다. 뱅쌍은 아무 말도 하지 않았지만 깊은 생각에 잠겨 있음을 알 수 있었다.

꾸뻬가 말을 이었다.

"흥분한 상태의 행복에 속하는 또 다른 것은, 이건 직업과 관련된 것일 수도 있지만, 운동이나 정원 가꾸기, 좋아하는 사람의 경우 복잡한 계산을 하는 것에 몰두하는 일일 수도 있어."

그리고 나서 제이크가 달리기와 숫자 계산을 얼마나 좋아하는지, 장 미셸이 가난한 아이들을 돌보는 자기 일을 얼마나 좋아하는지, 그리고 교수가 행복을 이해시키려고 하면서 얼마나 흥분했는지를 이야기했다.

뱅쌍이 말했다.

"난 많은 서류들을 처리하며 분주하게 일할 때, 고객들을 설득시킬 수 있었을 때 그런 식으로 조금 행복했었어. 하지만 이제는 그것들이 더 이상 나를 흥분시키지 않아."

"좋아, 다음에는 두 종류의 평화로운 행복이 있어. 간단히 말하면 삶에 대해 만족을 느끼는 거야. 그리고 그 만족감이 지속되기를 바라는 것이지. 비교를 하는 것, 주위의 아는 사람들이나 아니면 자신의 지난 과거와 비교함으로써 자신이 행복하다고 느

끼는 것, 또는 전혀 비교하지 않음으로써 행복을 발견하는 것도 여기에 속하지."

꾸뻬는 뱅쌍에게 아네스에 대해 말했다. 아네스는 예전의 자기 자신과 스스로를 비교하면서 지금이 설령 완벽하지는 않더라도, 과거에는 한 번도 지금처럼 행복하지 않았다고 말했다. 꾸뻬는 또 아직까지는 남과 자신을 비교할 만큼 나이를 먹지 않은 마리 루이즈의 나라에 사는 가난한 아이들 이야기도 했다.

뱅쌍이 말했다.

"그건 나한테 맞지 않는 이야기야. 난 언제나 나 자신을 다른 사람들과 비교하거든."

"3백만 달러를 버는 사람들하고?"

"맞아, 그리고 언젠가 내가 그만큼 벌게 되면, 그들은 2천만 달러를 벌고 있을 거야."

꾸뻬가 말했다.

"그게 바로 사물을 바라보는 방식이야. 넌 천 돗자리 위에 앉아 있던 작은 몸집의 여자들하고는 너 자신을 비교하지는 않지?"

"말도 안 돼! 난 나와 비슷한 사람들하고만 나를 비교해."

뱅쌍은 와인을 한 모금 맛보고 나서 말했다.

"나쁘지 않은 걸. 하지만 난 지난번 와인이 더 마음에 들어. 그리고 또 다른 평화로운 행복은?"

꾸뻬가 말했다.

"자신에게 무슨 일이 일어나든지 받아들이고, 마음의 평온함을 유지하는 것이야. 미래에 맞이하게 될 자신의 죽음까지도 포

함해서."

그 말에 뱅쌍의 얼굴이 창백해졌다.

"넌 내가 곧 죽을 거라고 생각하니?"

꾸뻬가 말했다.

"아니야. 난 먼 미래에 대해 말하는 거야. 모든 사람이 이야기하는 것처럼."

그는 뱅쌍에게 비행기에서 만난 자밀라와 산꼭대기에 살고 있는 노승에 대해 이야기했다. 뱅쌍은 진지한 관심을 갖고 꾸뻬가 하는 얘기를 들었다. 그리고 나서 자신이 왜 진정한 행복을 느낄 수 없는가를 깨달았다고 말했다. 그는 말했다.

"전처럼 파티가 즐겁지가 않아. 일은 잠깐 동안만 흥미로울 뿐이고. 전에 좋아하던 것들도 이제는 다 시들해졌어. 난 언제나 나보다 나은 사람들과 나 자신을 비교해. 다시 말하면 난 전혀 평화로움을 느낄 수 없어. 그리고 원하는 대로 일이 잘 되지 않을 때 쉽게 화를 내지."

꾸뻬가 말했다.

"행복의 다섯번째 종류가 있어."

"아, 아마 그게 나한테 남은 마지막 가능성이겠지……."

"그건 다른 사람들과 함께 하는 행복이야. 우정, 사랑, 나눔, 다른 사람들의 행복과 불행에 주의를 기울이는 것, 자신이 다른 사람들에게 쓸모가 있다고 느끼는 것이지."

뱅쌍이 말했다.

"그것은 불행의 이유이기도 하지! 사람들이 나를 실망시키고,

친구들은 날 배반하는 거야. 사랑도 마찬가지야. 사랑하다가도 때로 우리는 서로에게 깊은 상처를 안겨 주지."

이것은 뱅쌍이 분명히 사랑을 했었다는 것을, 그러나 그것이 그리 잘 되지 않았었다는 것을 말해 주는 것이었다.

꾸뻬가 말했다.

"맞아. 하지만 우린 다른 사람들과 사귀고, 그들의 결점들과도 사귈 수 있어. 이것은 우리를 평화롭게 만들어 주지. 그리고 우리가 다른 이들에게 도움이 되고 있다는 것을 세상으로부터 인정받기를 기대하지 않으면서도, 우리 스스로 느낄 수 있어. 이것은 근원적인 행복으로 우리를 데려다주지."

뱅쌍이 꾸뻬를 쳐다보았다.

"넌 마치 수도승처럼 말하는군."

그 말에 꾸뻬는 웃음을 터뜨렸다. 그리고 문득 자신이 노승처럼 웃고 있다는 생각이 들었다.

꾸뻬는 뱅쌍에게 잉리의 소식을 물었다. 물론 당신은 이 순간을 기다렸을 것이다. 꾸뻬가 중국에 노승과 뱅쌍만을 만나기 위해 다시 온 것은 분명 아니었다. 그곳에는 잉리가 있었다!

뱅쌍은 잉리가 부드러운 조명의 바에서 아직도 일하고 있으며, 그녀를 가끔씩 본다고 말했다. 한번은 그녀가 그에게 꾸뻬의 소식을 물었다고 했다.

뱅쌍이 말했다.

"잉리에 대해 너와 다시 얘기하게 될 줄은 몰랐어. 네가 그녀를 잊었을 줄 알았지."

꾸뻬는 잉리가 자신의 소식을 물었다는 것에 약간 감동을 받았다. 지금까지 이것에 대해 말하지 않았지만, 꾸뻬가 잉리에 대한 생각을 멈췄던 것은 아니었다. 거의 날마다, 특히 밤에 깨어났을 때면 잉리 생각이 났다. 무엇보다 잉리를 지금의 직업에서 구해 낼 방법을 많이 생각했으며, 자신의 나라로 데려가는 것도 생각했었다. 왜냐하면 누군가를 사랑하게 되면 어떤 희생을 치르고서라도 하기를 원하는 두 가지가 있다. 그 사람을 구하는 것(때로는 그 사람 자신으로부터 구출하기도 하는 것), 그리고 언제나 함께 있는 것이다.

꾸뻬는 죽은 쥐 냄새가 나는 벽장 안에서 생각할 시간을 가졌었다. 그리고 자기가 아직도 클라라를 많이 사랑하고 있음을 깨달았다. 그러다가는 다시 정신과 의사로 돌아와서 잉리에게 사랑을 느꼈다. 잉리에 대한 사랑 안에 그녀를 구하고자 하는 욕망이 강하게 담겨 있음을 그는 느꼈다. 그녀의 슈퍼맨이 되고 싶은 것이다.

지금까지 꾸뻬는 그런 식의 사랑을 많이 보아 왔다. 그리고 그것이 언제나 잘 진행되지만은 않는다는 것을 알고 있었다. 꾸뻬의 나라에서 잉리는 그 없이는 아무것도 하지 못할 것이다. 그는 매 순간마다 그녀의 슈퍼맨으로 있어야 할 것이고, 그것은 사랑을 위해 이상적인 상황은 아니었다. 설령 그것이 처음엔 커다란 흥분감을 가져다주더라도. 중국에 다시 오기 전에 꾸뻬는 이 모든 것에 대해 깊이 생각했었다.

꾸뻬가 뱅쌍에게 말했다.

"너에게 다섯번째 종류의 행복을 느끼게 해줄게. 나와 잉리를 위해 네가 해줄 일이 있어."

뱅쌍이 물었다.

"그것이 뭐지?"

에뜨 부 꽁땅 - 당신은 행복한가

여행을 끝내고 자신의 나라로 돌아온 꾸뻬는 자신의 직업인 정신과 의사 일을 다시 시작했다. 여행은 그의 일하는 방식에 적지 않은 변화를 가져왔다. 그는 언제나 필요로 하는 사람들에게 치료약을 주고, 심리 요법을 통해 고통으로부터 벗어나려는 사람들을 도와주려고 노력해 왔었다. 그것은 여행에서 돌아와서도 마찬가지였다. 하지만 지금 그는 심리 요법에 한 가지 새로운 방법을 추가했다.

예를 들어, 옷을 잘 차려 입고 매사에 학교의 못된 사감처럼 혹독한 인상을 주는 부인이 아무도 자기를 좋아하지 않는다고 투덜댈 때, 꾸뻬는 구걸을 하면서도 언제나 웃음을 잃지 않는 어린아이들의 이야기로 진료를 시작했다. 그리고 그녀의 의견을 물었다.

"왜 아이들은 언제나 웃음을 잃지 않을까요?"

물론 정답은, 사람들이 웃는 아이에게 더 다정하기 때문이다.

한 번도 큰 병을 앓지는 않았지만 언제나 자신의 건강에 대해 근심하는 신사에겐 자신이 곧 죽음을 맞이할 거라는 걸 알고 있던 비행기에서 만난 자밀라의 이야기를 들려주었다. 그리고 그에게 의견을 물었다. 왜 그녀가 그럼에도 불구하고 미소를 지었

는지, 그리고 심지어 매우 불행한 상황에서도 행복을 느낄 수 있는 이유가 무엇인지를.

또한 그들에게 노승의 가르침과, 마리 루이즈 집에서 열렸던 살아 있는 것을 축하하는 파티와, 계산하길 좋아하는 제이크와, 오징어 튀김을 기다리던 다람쥐, 그 밖에 이 여행길에서 그에게 다가왔던 다른 많은 것들에 대해 이야기했다. 하지만 언제나 이야기의 결론을 말하지 않은 채, 그들 스스로 그것을 찾게 했다. 그래서 꾸뻬를 만나면 사람들은 깊이 생각하게 되었고, 어떤 사람은 다음에 다시 찾아와서 자기가 어떤 중요한 진리를 깨달았다고 말하기도 했다.

언제나 남자들에 대해 불평을 하는 까뜨린느에게, 그는 어떻게 아녜스가 행복을 스스로 발견했는가를 이야기했다. 하지만 큰 효과가 없었다. 왜냐하면 까뜨린느는 꾸뻬가 자신이 아닌 다른 여자에 대해 말하는 데 시간을 다 써버린다고 오히려 화를 냈기 때문이다. 나중에 그녀는 제이크가 유명한 사람인가, 그리고 그가 신문에 기고하는 계산 문제들이 그곳에서 유명한가를 진지하게 물었다. 그 말을 듣고 꾸뻬는 까뜨린느에 대해 아직 할 일이 남아 있음을 알았다.

그는 또 삐뇽과 이리나 부인을 다시 만났다. 삐뇽의 얼굴엔 화색이 돌았고, 입가엔 웃음이 가득했다. 모든 것이 만족스러워 보였다. 그를 돌봐 주는 사람들이 성지 순례에 그를 등록해 주었기 때문이다. 아마 성지를 순례하는 동안에는 전보다 훨씬 적은 양의 약이 필요할 것이다.

이리나 부인은 단지 작별 인사만 하러 들렀다고 말했다. 그녀는 다시 사랑에 빠졌기 때문에 이제 미래를 볼 수 있게 되었다. 그녀가 꾸뻬를 쳐다보더니 말했다.

"아, 의사 선생님, 당신은 중국에서 그다지 지혜롭지 않았다는 게 내 눈에 보이는군요."

꾸뻬는 전혀 그렇지 않다고 대답했다. 오히려 중국에서 무엇과도 바꿀 수 없는 지혜를 배웠다고. 물론 꾸뻬는 그녀에게 잉리에 대해 말하지 않았다. 다른 그 누구에게도. 가끔 전화로 이야기하는 뱅쌍만 제외하고는.

잉리는 이제 부드러운 조명의 바에서 일하지 않고 뱅쌍의 사무실에서 일하고 있었다. 꾸뻬의 부탁을 받고 뱅쌍이 술집 여주인과 협상을 벌여 그녀를 빼내 준 것이다.

그녀가 맡은 업무는 주로 은행에 다니며 서류를 주고 받고, 회계업무와 인사문제를 관리하는 일이었다. 뱅쌍은 그녀가 모든 일을 알아서 잘한다고 말했다. 젊었을 때는 새로운 일이라도 빨리 배우기 때문이다. 잉리처럼, 비록 어려서 제대로 학교를 다니지 못했을지라도.

잉리는 뱅쌍의 사무실에서 계속 일했고, 능력을 인정받았으며, 어느 날 중국에 군인으로 와 있던 꾸뻬와 같은 나라의 그녀 나이 또래의 남자를 만나 결혼을 했다. 나중에 그들은 아기를 갖게 되었고, 꾸뻬가 아기의 대부가 되어 주었다. 잉리는 아기 이름을 인생의 은인인 꾸뻬의 이름을 따라 부르길 원했지만, 혼동을 피하기 위해 뽐므라고 정했고, 그래서 아기는 귀여운 뽐므가

되었다.

뱅쌍은 어느 날부턴가 자신에게 맞는 진정한 행복에 한 걸음 다가설 수 있게 되었다. 꾸뻬가 말한 다섯번째 행복, 즉 남과 나누는 행복을 발견했기 때문이다. 또한 꾸뻬가 알려 준 사원을 찾아가 정기적으로 노승을 만났다. 노승은 몸집이 점점 작아지고 더 늙어갔지만, 뱅쌍과 대화할 때 여전히 그 특유의 웃음을 잃지 않았다. 웃음은 전염성이 있어서 뱅쌍도 가끔 그런 식으로 웃게 되었다.

마침내 뱅쌍은 3백만 달러를 벌기 바로 직전에 일을 그만두었다. 그후, 자신이 과거에 하던 일과 비슷한 일을 가끔 하긴 했지만 무료로 일했다. 그 일을 통해 그는 마리 루이즈의 나라처럼 가난한 나라에 사는 양심적인 사람들이 돈을 벌 수 있도록 도와주었다. 또한 많은 사람들이 돈을 갚을 수 있는 일을 시작할 때까지 무이자로 돈을 빌려 주었다. 그렇게 해서 그들의 아이들이 학교에 다니고 제대로 보살핌을 받을 수 있었다.

뱅쌍은 진심으로 자신의 새로운 일을 좋아했다. 그는 자신의 행복 철학을 '배움4 - 많은 사람들은 더 큰 부자가 되고 더 중요한 사람이 되는 것이 행복이라고 생각한다'에서 '배움13 - 행복은 자신이 다른 사람들에게 쓸모가 있다고 느끼는 것이다'로 바꾸었다.

사람들은 뱅쌍이 3백만 달러에 가까운 큰 돈을 벌어 부자가 되었기 때문에 칭찬받을 것이 별로 없다고 말할지도 모른다. 하지만 이 점을 이해해야만 한다. 그는 결코 부자가 아니었다. 왜냐

하면 그의 주위에는 2천만 달러, 또는 그것보다 더 많이 벌어들이면서도 자신보다 더 많은 돈을 버는 것만 생각하는 사람들이 많이 있었기 때문이다.

어느 날 꾸뻬는 자밀라의 여동생으로부터 편지 한 통을 받았다. 편지 안에는 자밀라의 아름다운 사진이 들어 있었다. 그녀가 병을 얻기 전에 찍은 사진으로 사람들이 행복할 때 보여 주는 그런 미소를 짓고 있었다. 여동생은 자밀라가 꾸뻬에 대해 자주 이야기했다고 전했다. 자밀라는 그에 대해 아주 좋은 기억을 간직하고 있었으며, 자신이 더 이상 이 세상에 없을 때 이 사진을 그에게 보내 달라고 부탁했다는 것이다.

장 미셸은 가난한 아이들을 계속해서 돌보았고, 제이크는 아침에 달리기와 계산을 계속했으며, 아녜스는 계속해서 다른 아이들에 대해 연구하면서 자신의 아이들을 잘 돌보았다. 그리고 다람쥐는 점심 시간이면 어김없이 노천 카페에 나타났다.

사실 이 모든 사람들이 이미 충분히 행복해 있었다. 우리가 이야기를 시작하기 훨씬 전부터. 가끔씩 쟈스민과 루퍼트 때문에 괴로워하는 훌륭한 교수만 제외하고는.

클라라는 결국 자기가 하는 일들에 흥미를 잃기 시작했고, 더 이상 주말에 일거리를 집에까지 갖고 오지 않았으며, 길에서 만난 엄마와 함께 있는 아기들을 유심히 바라보기 시작했다. 꾸뻬는 그 모습을 눈여겨 보았다.

꾸뻬는 너무 깊은 슬픔이나 큰 두려움을 갖고 있는 사람들, 정말로 불행한 사람들 또는 불행하지 않으면서도 불행해 하는 사

람들을 계속해서 만났다. 여행을 다녀온 후 그는 자기 일을 더 많이 좋아하게 되었다. 이 특별한 여행에서 발견한 배움들을 자신을 찾아오는 사람들에게 나눠 주는 것이 그의 삶이 되었다.

꾸뻬 씨를 따라 한국에 가는 뜻밖의 여행

여행을 하는 동안 꾸뻬는 아시아에 머물기는 했었지만, 한국에는 가지 못했었다. 그가 아직 당신들의 아름다운 나라에 한 번도 가 본 적이 없는 내 발자취를 따랐기 때문이다. 하지만 이제 꾸뻬는 그의 모험들을 담은 책 출판을 통해 나보다 먼저 한국을 방문하게 되었다. 언젠가는 나도 꾸뻬를 따라 한국의 아름다운 풍광들을 만나러 갈 수 있으리라.

행복을 찾는 내 작은 이야기에 흥미를 가져주는 먼 나라 사람들에 대해 배우는 것은 나에게는 언제나 행복한 일이다. 게다가 한국에는 꾸뻬의 여행에 깊은 관심을 가져준 류시화 시인이 있지 않은가! 나는 이 이야기에 약간의 시적 감성을 불어넣으려 시도했었다. 그런데 한국의 멋진 시인이 내 글을 읽고, 번역자에게 이 책을 소개시켜 준 것이다. 그러니 내가 어찌 행복하지 않을 수 있겠는가!

행복을 찾는 이러한 관심이 전 세계적인 것임을 나는 이미 12개 국의 언어로 번역되어 출판된 꾸뻬의 여행을 통해 깨달을 수

있었다. 그리고 나는 프랑스처럼 한국인들도 무엇보다 먼저 자신의 의무를 다하고, 전통을 존중하며, 성숙된 정신세계를 중요시한다는 것에 깊은 인상을 받았다. 종교적인 수행이 줄어들면서 우리는 한 순간의 쾌락을 행복이라 여기게 되었는데, 이는 많은 사람들이 삶에 대한 믿음을 잃었기 때문이다.

꾸뻬처럼 나는 정신과 의사라는 직업을 가졌기 때문에 스스로 불행하다는 생각에 고통받는 사람들을 많이 봐왔다. 어떤 사람들은 정신착란 증세를 보일 정도로 괴로워하며 존재의 이유를 물었고, 누군가는 치유하지 못할 마음의 상처를 받았다. 물론 그럼에도 불구하고 평온하고 즐거운 마음을 잃지 않으려고 노력하는 사람들도 있었다. 한편으론 자신들이 원하는 것만큼 삶이 재미있거나 자극적이지 않다는 이유로 불행해 하는 사람들의 이야기도 많이 들었다. 그들은 다른 사람들이 부러워할 만한 조건들을 가졌음에도 행복해 하지 않았다.

결국, 꾸뻬는 이들을 돕기 위한 해결책을 찾으러 여행을 떠난 것이다. 그것은 꾸뻬 자신을 위한 여행이기도 하다. 젊고, 지적이며, 정신과 의사로서 성공한 꾸뻬 역시 불행한 사람들을 완전하게 치료하지 못하는 스스로에게 만족하지 못했기 때문이다. 여행을 떠난 꾸뻬는 다양한 사람들과 만나면서 행복의 진리에 성큼 다가서게 되었다.

어린 시절, 삶에 대한 너무도 많은 것들을 얌전히 기다리라고만 배워 온 나 같은 사람들에게 무언가를 스스로 찾아나서는 여행이야말로 삶을 매력적으로 만드는 일이다. 꾸뻬의 여행은 나

프랑수아 를로르의 여행이나 마찬가지다.

여행을 마치고 돌아온 뒤 꾸뻬는 자신을 찾아오는, 불행하지도 않으면서 불행하다고 생각하는 사람들에게 다음의 글귀가 적힌 카드를 선물하기를 좋아했다.

춤추라, 아무도 바라보고 있지 않은 것처럼.
사랑하라, 한 번도 상처받지 않은 것처럼.
노래하라, 아무도 듣고 있지 않은 것처럼.
살라, 오늘이 마지막 날인 것처럼.

나는 이 책이 행복에 대한 해답을 준다고 여기진 않는다. 다른 많은 우화나 이야기들이 그렇듯이, 독자들이 꾸뻬의 여정을 함께 따라가면서 행복을 향한 자신만의 길을 발견할 수 있다면 그보다 더 큰 기쁨은 없을 것이다. 때로 행복은 뜻밖의 길에서 찾아오며, 우리가 그것을 찾지 않았음에도 불구하고 우리에게 발견되기도 한다. 마치 꾸뻬가 만났던 노승이 말한 것처럼.

"첫번째 실수는 행복을 목적이라고 믿는 데 있다."

이 책을 읽는 순간이 독자들에게 또 하나의 작은 행복의 순간이 되기를 바라며, 다음번 꾸뻬 씨의 여행을 따라 나도 한국의 독자들과 만나게 되기를 기대한다.

파리에서
프랑수아 를로르

작가, 또는 정신과 의사와의 하루

약속 시간보다 조금 일찍 도착한 나는 근처의 골동품 가게들을 둘러보기로 했다. 오래된 건물들 안의 그보다 더 오래된 물건들, 그리고 그들과 묘한 조화를 이루는 자동차들과 현대 문명의 여러 산물들.

책의 저자 프랑수아 를로르와 나는 파리의 문호들이 즐겨 찾았던 카페들과 출판사들이 모여 있는 생 제르망 데 프레 교회 앞의 한 카페에서 만나기로 약속이 되어 있었다. 삼십대 중반의 나이에 약간은 어리벙벙한 이미지를 가진 책의 주인공 꾸뻬 씨를 연상하고 전화를 건 나에게 그의 목소리는 내 상상 속의 작가와 조금 다른 느낌을 주었었다. 어쨌든 행복을 찾아 여행을 떠난 꾸뻬 씨를 탄생시킨 작가를 직접 만나, 나는 물론이고 전 세계 사람들의 최대 관심사인 행복에 대한 이야기를 나눈다는 것은 내 호기심을 자극하기에 충분한 일이었다.

며칠 동안 비가 오락가락했던 흐린 날씨와는 대조적으로 그날은 태양이 명랑한 얼굴을 드러냈기 때문에, 약속 장소로 가는 전

철과 거리에는 사람들로 북적거렸다. 파리의 심장부인 샤뜰레 레알에서 4호선으로 전철을 갈아타려면 약간 오줌 냄새가 나는 계단을 내려가 모퉁이를 돌아야 하는데, 주말을 제외하고 그 모퉁이에는 언제나 작은 관현악단이 자리를 잡고 비발디의 사계를 연주한다. 간혹가다가 남미의 피리 연주가가 합류하기도 하는데, 복잡하고 지저분한 도심의 한복판 지하에서 그들의 연주를 듣는 일은 잠시나마 지친 일상에 작은 활력을 불어넣어 준다. 그날은 그들의 주제곡인 사계가 경쾌하게 울려퍼지고 있었다.

모퉁이를 일부러 천천히 돌아 걸으며 나는 몇 해 전 파리에서 살기 시작한 지 얼마 되지 않았을 때 전철을 갈아타며 들었던 손풍금 소리를 떠올렸다. 왠지 모를 슬픈 감정에 콩코드 역 지하도 안을 걸으며, 모퉁이를 돌아 첫 발자국을 내디뎠을 때 손풍금으로 연주하는 바하의 토카타와 푸가가 매우 슬픈 음조로 들려왔었다. 삶은 그렇다. 때로는 슬프게, 때로는 기쁘고 기운차게 들려오는 거리 악사들의 연주가 삶을 대변하기도 하는 것이다. 왜 우리는 때로 예고 없이 행복하고 또 예고 없이 불행을 느끼는가?

작가와 만나기로 한 노천 카페에도 햇살을 쪼이며 오후를 즐기는 사람들로 가득했다. 서로 얼굴을 모르기 때문에 나는 미리 와서 나를 기다리고 있을지도 모르는 작가를 찾기 위해 그의 휴대폰으로 전화를 걸었다. 때마침 그는 카페 옆 차도를 건너고 있는 중이었는데, 손에는 초록색 책을 들고 있었다.

물결치듯 구불거리는 은회색 머리에 웃을 때마다 모습을 드러내는 눈가의 밝은 주름은 걱정 많고 소심하기 짝이 없는 전형적

인 프랑스 인들과 약간 대조적으로 보였다. 무엇보다도 나는 족히 185센티미터는 되어 보이는 그의 큰 키에 놀랐다. 중년의 프랑스인들 사이에서 그처럼 큰 키를 가진 사람을 만나기란 그렇게 쉬운 일이 아니기 때문이다.

우리는 노천 카페에 앉아 이런저런 이야기를 나누었다. 그는 나에게 한국에 대해 물으며, 꾸뻬의 이야기가 한국에 소개되는 것이 매우 기쁘다고 말했다. 꾸뻬의 이야기는 독일과 그리스, 일본과 중국 등 이미 12개 나라의 언어로 번역 출판되었는데, 프랑스에서도 스테디 셀러로 자리잡았고 독일에서는 현재 베스트 셀러 상위권에 올라 있다. 그는 그 사실에 매우 놀라워하며 어떻게 해서 사람들이 그토록 꾸뻬를 좋아하게 되었는지 모르겠다며, 내게 혹시 그 이유를 알고 있는가를 물었다.

"글쎄요. 그건 아마도 모든 사람들이 행복을 원하기 때문이겠지요."

내 대답에 그는 천진난만한 소년 같은 미소를 지었다.

자리를 옮겨 이탈리아 풍의 식당에서 밥을 먹고 있을 때, 건너편 자리에 앉아 있던 한 남자가 그에게 다가와 알은척을 하며, 자신이 일 관계로 종종 한국에 간다는 말로 자신을 소개했다. 그는 불룩 나온 배 때문에 벨트를 허리 아래께에 맨 중년 남자로 자동차를 파는 사업가였다. 작가는 지금 쓰고 있는 꾸뻬 씨의 속편 이야기에 그가 등장할 거라고 살짝 귀띔해 주었다.

프랑스 특유의 느릿느릿한 긴 식사를 하며 우리는 그가 하는 일에 대해 이야기를 나누었다. 그는 의사였던 아버지의 권유대

로 정신과 의사가 되어 16년을 일했다고 했다. 일을 통해 그는 자신이 불행하다고 느끼고 있는 많은 사람들을 만났고, 그러한 이들과의 만남이 바로 꾸뻬의 이야기를 만들어 내게 된 이유가 되었다고 설명했다.

자신의 삶이 불행하다고 여기는 사람들…….

나는 주위를 둘러보았다. 그날 하루 동안 잠깐 얼굴을 내민 햇빛을 놓칠새라 약간은 쌀쌀한 기온에도 불구하고 저마다 옷을 벗어 제끼고 노천에 앉아 일광욕을 즐기는 사람들, 다정한 커플들, 또는 동성 친구들과 모여 앉아 식사를 하며 직장 동료들의 흉을 보거나, 이번 세일 기간에 무엇을 살지 고민하는 여자들, 개를 끌고 산책을 나온 노인들, 그리고 거리의 악사들. 그들의 얼굴이 저마다 다르고 표정이 시시각각 변하는 것처럼, 그들 삶 속에도 행복과 불행이 수없이 교차한 순간들이 있었으리라. 하지만 과연 그들 중 몇 퍼센트가 행복하냐는 질문에 즉각적으로 긍정의 대답을 할 수 있을 것인가. 나 또한 행복하냐는 질문엔 우물쭈물 말끝을 흐리는 경우가 많지 않은가.

그가 말했다.

"이상한 점은 여행 중에 아시아의 몇몇 부유하지 않은 나라들에서 만났던 정말로 가난한 사람들 거의 모두가 자신이 행복하다고 자신 있게 말했다는 것입니다. 그들은 아이들 같은 미소를 잃지 않았었지요."

내가 말했다.

"언젠가 어떤 사람이 내게 행복은 대단한 것을 통해서가 아니

라, 적은 것에 만족하고 받아들이는 데 있다고 말했어요."

그러자 그는 꾸뻬처럼 "음—." 하고 고개를 끄덕이며 말했다.

"바로 그거예요. 서양 사람들은 모든 면에서 바꾸고 변화시키는 것, 그리고 싸워 쟁취해 내려는 경향이 있어요. 그런데 내가 보기에 동양 사람들은 그 반대인 것 같아요. 행복에 대해서도 이 둘의 입장은 판이하게 달라요. 행복은 노승의 말처럼 쟁취해야 할 삶의 목적이나 대상이 아닌지도 모르지요. 변화는 필요합니다. 하지만 먼저 있는 그대로의 것을 받아들이는 자세가 필요해요. 거기서 정상적인 변화와 발전이 나올 수 있는 것이지요."

그때 주문한 딸기향의 크림 케이크와 바닐라 무스가 나왔다. 그렇게 해서 긴긴 프랑스식 식사가 거의 끝나가고 있었다. 그래도 점심 식사는 두 시간 정도로 끝이 나지만 저녁 식사는 보통 그 두 배다. 어쩔 때는 먹으면서 소화가 다 되어 버려, 식사를 마치고 집으로 돌아가는 동안 다시 뱃속에서 꾸르륵 소리가 나기도 한다.

디저트를 떠 먹으며, 를로르는 책 한 권을 선물해 주었다. 그 책은 다른 정신과 의사와 공동 집필한 것으로, 사람들의 복잡 다양한 성격에 대해 분석한 전문 서적이었다. 책을 건네 주며 그가 말했다.

"이 책에는 정말로 이해하기 힘든 복잡하고 까다로운 성격을 가진 사람들에 대한 소개들이 있는데, 난 당신이 그런 성격의 사람들을 만나지 않았으면 좋겠어요."

"데자(이미 그런 걸요)!"

그러자 그가 놀라서 물었다.

"이미 만났다구요?"

"아니요. 내 성격이 이미 그렇게 까다롭다구요. 그래서 사실은 당신을 만나 대화를 하는 것이 조금 걱정스럽기도 했어요. 당신은 정신과 의사니까요."

"그랬다면 걱정하지 않아도 되요. 정신과 의사들이 사람들의 심리에 대해 모두 꿰뚫고 있는 건 아니니까요. 단지 우리는 사람들의 말을 들어주고, 상황에 대해 생각하고, 정신 질환들에 대한 통계적으로 좀더 나은 치료 방법들을 배운 것뿐이니까요. 처음에 나는 진료실로 찾아오는 사람들이 내게 자신에 대한 모든 것을 이야기하는 것에 조금 놀랐었어요. 들어주는 것만으로도 그들에게 힘이 되는 것 같았어요."

나 역시 그를, 아니 꾸뻬를 흉내내며 말했다.

"음―. 그들은 자신들의 이야기를 할 누군가가 필요했던 것이겠지요. 때로는 가족이나 연인, 또는 친구들에게도 할 수 없는……."

이야기할 누군가를 필요로 하는 사람들. 언젠가 길가 벤치에서 만났던 마거리뜨 할머니가 생각났다. 가족들과 떨어져 홀로 양로원에서 자신의 삶이 마감할 날을 조용히 기다리는 노인들이 이곳에는 너무 많다. 마거리뜨 할머니는 이름처럼 예쁘게 옷을 차려입고 길가 너도밤나무 아래의 벤치에 앉아 오가는 사람들을 바라보며 나에게 이런저런 이야기를 했었다. 약간의 치매 증상 때문에 한 얘기를 자꾸 반복하기는 했었지만, 그녀에게도 잠시

이야기를 나눌 누군가가 필요했을 것이다.

식사를 마치며 내가 프랑수아 를로르에게 물었다.

"그런데 꾸뻬 씨가 혹시 작가 자신이 아닌가요?"

그가 진지하게 답했다.

"꾸뻬가 나보다 더 젊지만, 나와 같은 직업을 가졌고, 그래서 그런지 친구들이 나와 닮았다는 말을 하곤 해요."

식사를 마치고 전철역을 향해 걸으면서 그는 한 소품 가게에 잠시 들어가 인사를 해도 좋겠느냐고 물었다. 작가와 나는 그의 단골가게 안으로 들어갔다. 그곳에는 중국과 일본, 태국 등 아시아에서 가져온 소품들로 가득했으며, 한쪽에 다기와 부채 등 한국에서 수입된 물건들이 놓여 있었다. 그는 선반 위에 놓여 있는 쿠션 하나를 집어들더니, 쿠션은 자기가 가장 좋아하는 인테리어 소품인데, 이건 한국에서 만든 것이라며 내게 보여 주었다.

'쿠션을 좋아한다고?'

아침에는 일어나 산책을 하고, 동네 카페에 앉아 차를 마시며 글을 쓰고, 오후에는 사람들을 만나길 좋아한다는 프랑수와 를로르.

처음 류시화 시인으로부터 꾸뻬 씨의 이야기를 소개받고 책방 귀퉁이 바닥에 가방을 깔고 앉아 책을 읽었던 일이 생각났다. 가끔 꾸뻬 씨의 멍청해 보이는 질문들과 황당한 경험들에 낄낄거리며.

세상에 존재하는 수많은 책들 중에 우연히 또는 필연적으로 이 꾸뻬 씨의 이야기를 번역하게 된 것은 나 역시 행복을 찾고

있었기 때문일 것이다. 행복이 이미 내 가까이, 아니 이미 내 안에 있다는 것을 알고서도 모른 척하며, 또는 그것에 대해 까마득히 잊고서는 사방으로 눈을 두리번거리며, 외로움과 불행 그리고 허무의 무게를 어깨에 가득 이고서 이곳저곳을 기웃거렸기 때문일 것이다.

헤어지기에 앞서 악수를 하며 내가 그에게 물었다.

"에 부? 부젯 으허? 그럼 당신은요, 당신은 행복하세요?"

내 질문에 그는 꾸뻬 씨가 만났던 노승처럼 큰 소리로 웃으며 이렇게 말했다.

"뿌꾸아 빠? 왜 아니겠어요?"

파리 근교 쎙 드니에서

오유란

『구뻬 씨의 행복 여행』을 번역한 오유란은 인도 뿌나의 오쇼 명상센터와 캘커타의 산티니케탄에서 생활한 뒤, 영화를 배우기 위해 프랑스로 건너가 5년째 파리 근교의 쌩 드니에서 살고 있다. 『100일간의 파리 산책』을 썼다.

구뻬 씨의 행복 여행

1판   1쇄 발행 2004년 7월 28일
1판 158쇄 발행 2014년 10월 30일

지은이 | 프랑수아 를로르
옮긴이 | 오유란
그린이 | 발레리 해밀

펴낸이 | 정중모
펴낸곳 | 오래된미래

등록 | 2003년 9월 3일 제300-2003-162호
주소 | 서울시 마포구 잔다리로 2길 7-0
전화 | 02-3144-3700
팩스 | 02-3144-0775
홈페이지 | www.yolimwon.com
이메일 | editor@yolimwon.com

ISBN 978-89-955014-4-3 03860

□ '오래된미래'는 도서출판 열림원의 자회사입니다.